徳間文庫

春風同心家族日記

初恋の花

佐々木裕一

徳間書店

主な登場人物

夏木慎吾《なつきしんご》　江戸北町奉行所定町廻《じょうまちまわ》り同心。天真一刀流を遣《つか》う。

榊原主計守忠之《さかきばらかずえのかみただゆき》　江戸北町奉行。

久代《ひさよ》　忠之の妻。

静香《しずか》　忠之の一人娘。

作彦《さくひこ》　夏木家の中間《ちゅうげん》。

五六蔵《ごろぞう》　深川永代寺門前仲町の岡っ引き。

千鶴《ちづる》　五六蔵の女房で、旅籠《はたご》浜やの女将《おかみ》。元辰巳《たつみ》芸者。

松次郎《まつじろう》　下っ引き。伝吉の兄貴分。

伝吉《でんきち》　浜や住み込みの下っ引き。本名は四郎。足が速い。

又介《またすけ》　下っ引き。浜やで楊枝《ようじ》を作る。

田所《たどころ》 兵吾之介《ひょうごのすけ》　江戸北町奉行所筆頭同心。

国元華山《くにもとかざん》　霊岸島川口町に診療所を構える二代目町医者。

目次

第一章　土左衛門

一

「お百合《ゆり》、喜んでおくれ。おとっつぁんがね、夫婦《めおと》になることを許してくれたよ。春になったら、祝言を挙げよう」

幼なじみの二人は、大川の河岸《かし》で手を握り、見つめ合った。

兄妹のように育ってきた仲であるが、いつしか互いのことを想うようになり、長年待ち続けた言葉を聞いたお百合は、目を潤ませた。

紙問屋、三島屋宗五郎《みしまやそうごろう》の娘お百合は、十八歳をすぎた頃から引く手あまたの縁談話がもち上がったのだが、清太郎《せいたろう》への想いが揺らぐことはなく、かたくなに断り続けた。ゆえに、二十三歳になった今では、新妻と呼ばれるには薹《とう》が立ってしまっている。

もたもたしている清太郎のせいなのだが、お百合は黙って、今日という日がくるのを待っていたのだ。

油問屋、西原屋《にしはらや》四八郎《しはちろう》の倅《せがれ》、清太郎が、お百合のことを父親に打ち明けたきっかけは、二十五歳になった夏の終わりに、さる大店《おおだな》の娘を嫁にもらうという話が舞い込んだからだ。

良縁に父親が前向きなため焦った清太郎が、

「お百合ちゃんと、夫婦になりたいのです」

震える手を押さえながら打ち明けた。

「おまえ、ようやく言ったねえ」

清太郎とお百合のことをうすうす感づいていた四八郎は、満足そうに笑い、二つ返事で縁談を許したのだ。

「お百合のおとっつぁんは、許してくれるだろうか」

「早く嫁に行けって毎日うるさいんだもの。清太郎さんのところに行くと言ったら、泣いて喜ぶわよ」

心配する清太郎に、お百合は優しく微笑《ほほえ》みかけた。

「おとっつぁんがね、お百合が嫁に来てくれたら、わたしに店を任せると言ってくれたんだよ。しっかり者の嫁が来てくれたら、安心して隠居できると言ってね」

「あたしなんて、何もできないわ」

「そう思ってるのはお百合だけさ。頼りにしてるよ」

「清太郎さんの意地悪」

二人は幸せに満ちた顔で笑った。

川のほとりにある平らな岩の上に並んで座ると、肩を寄せ合って、あかね色に輝く川面《かわも》を眺めた。赤とんぼが流れの緩やかなところを飛びながら、いくつもの波紋をつくっている。

暮れ六つを告げる鐘の音が響いたので、暗くならぬうちに帰ろうと、二人は立ち上がった。

通りに上がろうとして、石段の上を見上げたお百合の顔が強張《こわば》った。

「どうしたんだい」

様子に気付いた清太郎が、石段の上に目を向けると、柳の下に潜むようにしていた町人風の男が、さっと背を返して立ち去った。

「今のは、誰だい」

「分からないの……」

お百合は辛《つら》そうにかぶりを振った。

「……でも、前からずっと、どこかで見られているような気がして怖いの」

「付きまといかい」

「分からない」

清太郎は石段を駆け上がって、男が去った方を見た。

大川に面した通りは大小の店が軒を並べていて、人通りが多い。清太郎が男を探して辺りを見回すと、三味線屋の角にある火の見櫓《やぐら》の下に、手ぬぐいで頰被《ほおかぶ》りをした男がいた。睨《にら》むように、じっとこちらを見ている。

声をかけようと近づくと、顔をうつむけて、男は人混《ひとご》みの中に紛れてどこかへ行ってしまった。

男を探す清太郎を、お百合が追ってきた。

「清太郎さん」

「きっと付きまといだよ。番屋には届けたのかい」

お百合は頷《うなず》いた。

「気のせいだろうと言って、本気にしてくれないの」

「町役人らしいな。思いきって、奉行所に訴えてみようか」

「番頭さんもそう言ったのだけど、気をつけていさえすればいいから、大仰にするなって、おとっつぁんが」

「なぜだい」

「騒いで相手を怒らせたら、何をしてくるか分からないからって」

「そうかい。でも心配だなぁ。これからは、一人で外に出ないほうがいい」

「うん、そうするわ」

「送っていくよ」

清太郎はお百合を守るように寄りそい、男がどこかで見ていやしないかと気にしながら、通りを歩んだ。

二

「旦那様、今日はいいお天気になりそうですよう」

おふさが雨戸を開けながら、空を見上げた。

「あれ、起きてくださいよう旦那様。今日から北町奉行所の御番ですよう」

同心の夏木《なつき》家に長年仕えているだけあって、おふさはよく知っている。南町奉行所との月番が替わり、今日から忙しくなるのだ。

慎吾《しんご》は辛そうに片目を開けて、腰に手を当てて仁王立ちするおふさを見上げた。

布団《ふとん》を被《かぶ》ろうとすると、

「旦那様！」

容赦なくはぎ取り、はだけた浴衣《ゆかた》から覗《のぞ》く褌《ふんどし》を見て目を丸くした。

「あははは。あれまあ、元気だこと」

みっともないものを見られて慌てた慎吾は、いっぺんに目が覚めた。

「勘違いするなよおふさ。男はその、あれだ」

もじもじしていると、おふさが呆《あき》れたように手を振った。

「何ですよう。赤ん坊の頃なんて、あたしがおしめを替えたのですから、恥ずかしがることないでしょうに。ほれ、はやく仕度をなさい」

尻を叩かれて布団から追い出された慎吾は、褌を巻きなおし、縞《しま》の単衣《ひとえ》を着て帯に脇差をねじ込み、

「湯屋に行って来る」

おふさに声をかけると、逃げるように裏木戸から出かけた。

人気《ひとけ》が少ない道に出ると、昇ったばかりの朝日を拝みながら亀島町に行き、軒先に飾られた黄色い菊の花を見ながら男湯の暖簾《のれん》を潜《くぐ》る。

与力と同心は朝風呂に限り、女湯に入ることを許されているが、女の裸を見ることを許されているのではなく、朝風呂に入る女がいないため、沸かしたての湯

に浸《つ》かれるのである。

同心の中には、男湯から聞こえる世の中の噂などを盗み聞くために、女湯が役に立つこともあるという者もいるが、与力や同心が多く利用する亀島町の湯屋で悪い噂をする男客がいるはずもなく、慎吾は、女湯に入ったことがない。

かけ湯で体を清めてざくろ口を潜ると、薄暗い湯殿に片足を入れた。

熱めの湯に息を吐きながら肩まで浸かると、湯気の向こうから人影が近づいてきた。

「旦那様。おはようございます」

聞き覚えのある声に顔を向けた。

「作彦《さくひこ》か」

「へい」

「暗くて分からなかったぜ。朝風呂とは珍しいな」

「今日から月番ですから」

「うん？」

「月番がはじまる日は、こうして身を清めることにしてるんで」

「何だ。長年の付き合いだが、初めて聞いたな」

「あっしは毎度のことで。今日は、旦那がいつもよりお早いのですよ」

「おふさに叩き起こされたからな」

慎吾がにっこりと笑うと、中間《ちゅうげん》の作彦も笑って頷いた。

「旦那様、背中を流しましょう」

「お、そうかい。悪いな」

ざくろ口から出て洗い場の腰かけに座ると、作彦が手拭《てぬぐ》いで背中を擦《こす》ろうとして手を止めた。

「旦那様、傷痕《きずあと》はまだ痛みますか」

「ああ、寒くなるといけねえや」

「そうですか……」

作彦はいたわるように、手を動かした。

「傷がうずくたびに思うぜ。よく生きていたもんだとなぁ」

何でもなさげに笑う慎吾の背中には、右肩から袈裟懸《けさがけ》に斬《き》られた傷痕が痛々しく刻まれている。

背中を斬られたのは五年前のことだ。

当時江戸を震撼《しんかん》させていた大盗賊の一味を追い詰めたのだが、寺に逃げ込まれてしまい、岡っ引きを北町奉行所に走らせて、寺社奉行に捕縛の許しを出させるよう頼んだ。

賊を寺から逃がさぬようにして長いこと待たされた挙句、寺社方与力がやってくると、自分たちに任せろと言って、盗賊を捕縛しようとした。

手柄の横取りをされるようで気分が悪かったのだが、相手は北町奉行、榊原《さかきばら》主計守忠之《かずえのかみただゆき》の長男忠義《ただよし》。当時はまだ、自分が忠之の隠し子であることを知らない慎吾は、雲上人である奉行の息子に逆らうことなどできるわけもなく、あっさり引き下がった。

大勢の捕り方を連れ、陣笠に胴具をつけた忠義の姿は凜々《りり》しく、慎吾は尊敬の眼差しで見守っていた。

ところが、いざ捕り物がはじまると、浪人を用心棒にしていた盗賊どもは手強く、忠義の手勢が次々と倒された。忠義は抜刀して奮戦したが斬られそうになり、慎吾が身を挺して守ったのだ。

背中を斬られ、殺されると覚悟した時、忠義が相手の浪人を斬り、盗賊どもを取り押さえた。

以来忠義は、父忠之の配下である慎吾を実の弟とは知らず、弟のように可愛がっている。

たまに町奉行所の役宅に顔を出すのだが、そのたびに、酒を吞《の》みに誘ってくれる。

腹違いの兄弟だと口が裂けても言えるはずもなく、慎吾は一介の同心として、忠義と酒を吞むのである。

五年前、賊に背中を斬られた不甲斐なさを恥じた慎吾は、体が癒《い》えたのちに、剣術の師、寺田宗有《てらだむねあり》の元で天真一刀流《てんしんいっとう》を再修業して、必殺の無音斬りを極めた。

厳しく剣を教えてくれた恩師も、一月《ひとつき》前に身罷《みまか》った。御歳《おんとし》八十一の大往生であるが、慎吾を含め、門人たちは深い悲しみとともに喪に服している。ちょうど非番月であったため、師匠が眠る駒込の光源寺に通い、墓に手を合わせて拝み、別れと礼を述べる毎日であった。

しかし、悲しむのは今日までだ。

慎吾は作彦の手から手拭いを取り、替わって背中を擦ってやった。

「旦那様……」

「今日から忙しくなる。しっかり身を清めて、よろしく頼むぜ」

「もも、もったいねえ」

湯をばさっとかけると、二人は揃《そろ》って湯屋から出た。

屋敷に帰って、おふさが用意した朝餉《あさげ》を済ませると、髪結いに月代《さかやき》を整えてもらい、奉行所へ出所した。

非番月だからといって一月奉行所を休むかというとそうではなく、実は毎日通っている。

月番の時に溜《た》まった訴えの処理の手伝いや、書状の整理など仕事はあるのだが、定町廻《じょうまちまわ》りにとってはやはり、非番月は息抜きができる月である。

「何もなければいいがな」

月番を迎えた奉行所に向かう慎吾は、市中が平穏であることを祈りつつ、御堀に架かる呉服橋《ごふくばし》を渡りはじめた。

「旦那！　慎吾の旦那！」

背後からの声に立ち止まって振り向くと、着物の裾《すそ》を端折《はしょ》り、空色の股引《ももひき》を穿《は》いた細身の男が走ってきていた。

「おう、伝吉《でんきち》じゃねえか。何だ、朝っぱらから」

下っ引きの伝吉は立ち止まると、橋の欄干《らんかん》にもたれかかって大きな息をしている。深川から走ってきたらしく、額に汗を浮かべていた。

「旦那、大川で土左衛門《どざえもん》が上がりやした」

「何だと！」

慎吾は眉間《みけん》に皺《しわ》を寄せて舌打ちをした。

「案内しろ」

「がってんだ」

ひとつ大きく息をした伝吉が、来た道を小走りで帰って行く。

慎吾と作彦はあとに続き、人通りが増えはじめた日本橋の袂《たもと》を横切ると、朝から賑わう青物市場を避けて音羽町《おとわちょう》から海賊橋を越えて、南茅場町《みなみかやばちょう》から霊岸橋《れいがんばし》、湊橋《みなとばし》と駆け、永代橋《えいたいばし》を渡って川上に向かった。

三

河岸には、野次馬の人だかりができていた。痛ましいとか、可哀相にという声がする中を抜けると、岸に上げられて筵《むしろ》をかけられた土左衛門の横に、岡っ引きの五六蔵《ごろぞう》がいるのが見えた。漁師らしき男と話をしている。

定町廻り同心の慎吾は、俸禄は三十俵二人扶持であるため食べていくのがやっと。

同心ともなれば、受け持ちの大店あたりからかなりの付届けをもらい、岡っ引きや下っ引きの四人や五人を食わせるのが普通だが、十手を預かる者は真っ白でなければいけないと信じる慎吾は、付届けを一切受け取らぬ。

当然、岡っ引きを雇う金などないのだが、亡き祖父、夏木周吾の代から忠義の者である五六蔵親分は、周吾に恩があると言って、孫の慎吾にも仕えている。

無給金の五六蔵を支えるのは、永代寺門前仲町《もんぜんなかちょう》の旅籠《はたご》、浜やを営む妻の千鶴《ちづる》であり、下っ引きの伝吉と松次郎《まつじろう》を離れに住まわせ、通いの又介《またすけ》の暮らしも面倒をみている。

五六蔵が祖父にどのような恩があるのかは、訊《き》いても絶対に言わぬので、祖父が他界した今となっては分からぬ。ただ、深川のやくざが五六蔵には絶対逆らわぬので、慎吾は、元やくざの大親分ではないかと思っている。

「とっつぁん」

声をかけると、五六蔵が渋い顔で振り向き、

「旦那、月番替わり早々申しわけありやせん」

自分の縄張りで起きたことを詫《わ》びるように、頭を下げた。

「殺しか」

「へい。首を絞められた痕がありやす。ほとけさんは、旦那も知っている者ですぜ」

慎吾は十手《じって》を抜き、筵をめくった。

「おい、西原屋の清太郎じゃねえか」

「絞め殺されて、川に捨てられたようです。流れているところを、漁師が見つけて引き上げやした」

慎吾が顔を上げると、佐吉と名乗った漁師が頭を下げた。

「何処《どこ》で見つけた」

「あっしは、潮にのって大川に入った鯖《さば》を網ですくおうと思いやしてね。舟をこいで永代橋の下をくぐろうと思いましたら、ほとけさんがぷっかりと浮いてきたんで。そりゃもう驚いたのなんのって、腰が抜けて川に落ちそうになりやしたよ」

「一人で引き上げてくれたのかい」

「へい」

「そいつはご苦労だったな。怪しい者は見なかったか」

「いえ……」

「そうかい。おまえさんが見つけてくれなけりゃ、清太郎は今ごろ海の底だ。あとで奉行所から褒美を届けさせるからな。これから漁に出るかい」

「へい、出やす」

「そうかい。気をつけなよ」

恐縮して舟に戻る佐吉に背を向けた慎吾は、ほとけを見た。青白い顔の清太郎は眠っているように穏やかな表情をしていたが、首が赤紫に変色している。

「西原屋に報《しら》せは」

「又介《またすけ》を走らせましたんで、そろそろ戻ってくる頃かと。ああ、戻ってきやした」

五六蔵が河岸を戻ってくる若者を指し示した。後ろには、五十を過ぎた男が肩を丸めて付いて来ている。

野次馬をかき分けてくると、又介が慎吾に頭を下げた。歳は二十五だが冷静な男で、物事の奥底にあるものを見抜くことに優れている。

普段は浜やで楊枝《ようじ》を作っているが、五六蔵が頼りにしているれっきとした下っ引きだ。

「ご苦労だったな」

慎吾がねぎらうと、又介が何かを訴えるような目を向けて頭を下げた。

「うん？　何だ」

「旦那……」

「清太郎！　おまえどうして……」

又介が口を開くと同時に、西原屋のあるじ四八郎が悲愴《ひそう》な声をあげて、冷たくなった息子のそばに両膝をついた。

「西原屋、清太郎に間違いねえか」

慎吾がいたわるように声をかけると、

「旦那、誰が倅を殺しやがったんで」

四八郎は歯を食いしばり、怨《うら》みをぶつけるように慎吾を見た。

深川では名の知れた油問屋を営む四八郎は、普段は温厚な人柄だ。倅を殺されて気が動転しているのか、今は恐ろしい形相《ぎょうそう》をしている。

「おい、入ってはならん！」

野次馬を止めている番屋の小役人が、誰かを止めようと声をあげた。

慎吾が見ると、青い着物姿の女が役人の手を振りきり、清太郎のそばに駆け寄った。

冷たくなった顔を見下ろすや悲鳴をあげて、

「清太郎さん、清太郎さん！」

しがみ付き、顔に頬をすり寄せて泣き崩れた。

「お百合ちゃん……清太郎は、誰かに殺されたんだよ」

四八郎が悔しそうな声をあげて、地べたに両手をついてうなだれた。

慎吾が関わりを訊《き》くと、四八郎が顔を上げて涙を拭い、お百合の肩にそっと手を当てた。

「倅の、許婚《いいなずけ》です。来春には、祝言を挙げることになっておりました」

「そうかい。気の毒になぁ」

「お役人様。あたし、下手人を知っています」

思わぬ言葉に、慎吾と五六蔵は目を見合わせた。

前に出た又介が、冷静な目をお百合に向けて訊く。

「何処の誰なんだい」

「名前は知りません。でも、きっとそうです」

お百合は、付きまといをする男がいたことを話した。

「なるほど……」

又介は神妙な顔で頷いた。

「……おまえさんを想うあまり、清太郎を殺したということかい」

「先日も、石段の上からあたしたちのことを見ていたんです」

お百合が河岸の石段を指差そうとするのを、又介が止めた。

慎吾がさりげなく、お百合の前に立った。

「野次馬の中に、その男はいないか。待て、あからさまに見るんじゃねえ。おれと話をするふりをして、それとなく探るんだ」

　ごくりと唾《つば》を飲むように頷いたお百合が、慎吾の肩越しに野次馬を見ている。

「どうだ」

「いません」

　声を震わせて、大きな目から涙をこぼした。

「とりあえず、番屋に行こうか。詳しい話を聞かせてくれ」

「はい」

「いや、やっぱり五六蔵のところがいいな。又介、ぬかりなく案内しろ」

「わかりました。旦那、ちょいとお耳を……」

　又介が、慎吾の耳元で囁《ささや》いた。

　言葉を聞いた慎吾の目が、鋭くなった。

「うん、分かった。とっつぁん」

「へい」

「ほとけさんを華山《かざん》のところへ運ぶ手はずを頼む」

「がってんだ」

「旦那、息子をどちらへ運ぶので？」

「医者のところだ。清太郎を腑分《ふわ》けするぞ」

「ふ、腑分けですって」

息子の体を切り刻まれると聞いてぎょっとする四八郎を横目に、慎吾は清太郎に手を合わせた。

「腑分けをすることで、下手人を見つけるいとぐちが見つかることがあるのでな。清太郎も、文句は言わねえだろう。葬式はそのあとだ、いいな」

「は、はい」

顔を青ざめる四八郎が見守る中、清太郎の亡骸《なきがら》が、国元《くにもと》華山の診療所へ運ばれて行った。

四

作彦とともに北川町の長屋に立ち寄った慎吾は、絵師の利円《りえん》を訪ねた。

「北町の夏木だ。いるかい」

戸を開けるなり、酒の甘い香りがしてきた。

朝から呑んだくれているのかと思いきや、本人は鬼気迫る眼差しで紙に向かっている。

一心不乱に筆を動かす利円は、慎吾が声をかけたのにも気付いていないようだ。

中へ入ろうとすると、

「動くんじゃない！」

利円が怒った。

「おお、すまねえ」

慎吾が外に出ようとすると、障子の奥から女の声がした。慎吾を怒ったのではなさそうだ。

「だって先生、誰かきましたよう」

「ああ？」

利円が眉間に皺を寄せた顔を向けると、

「何だ、慎吾の旦那か」

まるで相手にしない様子で、紙に向き直った。筆を一筋走らせて顔を上げると、また怒る。

「見られて減るもんじゃなし、あと少しだから動くな。銭を払わんぞ」

「分かりましたよう」

女は着物を脱いだのか、障子の端に派手な色の帯がはらりと落ちた。

どうやら裸の絵を描いているらしく、慎吾がどうしようか迷っていると、

「人相書きかい」

利円が筆を休めることなく訊いてきた。

「お、おう。ちょいと頼むぜ。終わったら浜やまで来てくれ」

「まあ、そう焦りなさんな。もうじき終わるから待ちなよ」

筆先を舐《な》めると、慎重な様子で筆を走らせ、

「よし、できた」

満足げに絵を眺めた。

帯が障子の端からするすると奥に消えると、

「ちょいと入りな」

利円が手招きした。

慎吾が中に歩み寄ると、嬉《うれ》しげに絵を見せてきた。何とも艶《なまめ》かしい表情の女が肌を露《あら》わにして、男と交わっている。

鬢《びん》に白髪が目立つ利円は、旗本や大名家から内々に頼まれる枕絵を描いて食べているが、人相書きの腕も達者なので、慎吾をはじめ、奉行所の連中が頼みに来る。

絵を見せられてどうだと訊かれたので、慎吾は適当に相槌《あいづち》を打った。

「いい絵だ。急いでくれ」

「ちょいと旦那。手本が目の前にいるのにつれない言い方だね」

不服そうな女を見て、慎吾は顔が熱くなった。女が着物の裾をはだけて座り、艶かしい脚を露わにしていたからだ。

女は朱色の盃《さかずき》を手に、酒を呑んでいた。ほどよく酔っているせいで肌の色が桜色にそまり、なんとも色気がある。

自分が手本の枕絵を見てもそっけない態度なのがしゃくに障ったのか、女はわざと着物の裾をはだけて、生身の体を見せている。慎吾が目のやり場に困ると面白がり、さらに脚を開いて見せた。

慎吾がたまらず目をつぶると、利円が愉快げに笑った。

「おい里乃《さとの》、お役人をからかうもんじゃねえぞ」

「だって先生……」

「今日はもう、帰りな」

「わかりましたよう」

小判一枚を渡して尻を叩くと、里乃は絡みつくような流し目を慎吾に向けて、長屋から出て行った。

尻を振って歩く里乃の後ろ姿に、慎吾はため息をついた。

「ありゃ、何もんだ」

「浅草の芸者よ。武家の間じゃ有名でな。近頃は、里乃を手本に絵を描いてくれという依頼ばかりよ」

「ふぅん。まあそれなりに、いい女だものな」

「体を見せられて、旦那も参ったようだな」

「ばかやろ」

「はは、顔が赤《あ》こうなった」

「いいから、早く仕度しな」


利円を連れて浜やに行くと、仲居が大きな尻を向けて表を掃いていた。

「おつね」

「はいぃ！」

慎吾が声をかけると飛び上がるように振り向き、顔を赤らめてうつむいた。

でっぷりとした醜女《しこめ》だが、気性が良く、二十八歳で仲居頭を任されている。

「いつもきれいにしているな」

「あらうれしい」

頰に手を当てているのに、店の前に塵《ちり》ひとつ落ちちゃいないと褒めたものだから、おつねが目をつり上げて、べぇをした。

利円はというと、帳面をめくって筆を走らせている。

何を描いているのか覗いてみると、おつねのふくよかな体を見事なまでに艶かしく描いていた。

「へぇ、おめえが描くと、おつねもべっぴんだなぁ」

慎吾の肩越しに利円の帳面を見たおつねが、

「やだ、裸じゃないのよ」

怒ったが表情は笑っていて、まんざらでもなさそうだ。

「今度、本式におまえさんの裸を描かせてもらえぬかの」

利円が真面目に頼むと、おつねが真っ赤になって慎吾の背中に隠れた。

「やですよう。あたしの裸は、慎吾の旦那にしか見せないと決めてるもの」

「おおそうか。では二人が交わっておるところを描かせてくれぬか」

「何をばかなことを言ってやがる。さ、仕事だ仕事」

慎吾が中に入ろうとしたが、恐ろしい力で引きとめられた。

「おいおつね、離さねえか」

振り向くと、おつねが白目を剝《む》いて呆《ほう》けていた。刺激が強すぎたようだ。

今にも倒れそうなので、作彦と利円に手伝わせて中に連れて入ると、小上がりに横にして、団扇《うちわ》で顔を冷ました。

騒ぎに気付いた仲居のおなみが出てくると、おつねが倒れているのでぎょっとした。

「いったいどうしたんです、旦那」

「何でもねえ。ちょいとのぼせちまっただけだから、直《じき》に目が覚める。おなみ、おめえと同じ年頃の女が来ているな」

「ええ、親分さんと奥に」

「お上の御用がある。代わってくれ」

「はいはい」

しっかりと袖《そで》を握っているおつねの手をどうにか離すと、利円を連れて奥に行った。

居間には、五六蔵と手下たちが勢揃いしていた。うなだれて、悲しみに暮れるお百合にどう声をかけたらいいか分からないらしく、どんよりと静まり返っている。

「遅くなってすまねぇ」

慎吾が声をかけて入ると、顔を向けた五六蔵が絵師の顔を見るなり、なるほど、と頷き、お百合に人相書きのことを告げた。

伝吉に文机《ふづくえ》を用意させて、利円とお百合を座らせた。

「ではお百合さん。はじめますかな」

「はい」

お百合に付きまとう男の人相を訊きながら、利円が筆を走らせる。

「へぇ、うめえもんだ」

筆の速さと確かな腕前に、五六蔵たちが見入っている。

「見るからに陰気くせぇ野郎ですね、親分」

「伝吉、そういうおめえに似てるぜ」

「じょ、冗談じゃねえや、松次郎の兄貴」

伝吉が、横にいる松次郎を肘で小突いた。

「町娘の間じゃ二枚目で知られたあっしですぜ」

「いいや、そっくりだ。惚《ほ》れた女を見る時のおめえの目だな、こりゃ」

浜やに住み込みの松次郎は、弟分の伝吉に遠慮がない。

「おいおめえら」

五六蔵が、お百合に気を遣《つか》えと目配せすると、二人は首をすくめた。

「よし、これでどうかな」

利円が絵を見せるや、お百合が息を呑み、

「この男です」

まっ直ぐに目を慎吾に向けた。

絵を受け取った慎吾は、下手人かもしれぬ男の顔を眺めた。

目じりがやや下がり、横に広がった鼻が目立つ陰気な表情をしている。

「こいつに間違いないのだな」

念を押すとお百合が頷いたので、慎吾は利円に、人相書きをもっと作るよう命じた。

お百合に茶を勧めると、あらためて子細を訊くべく、姿勢を正した。

「ところでな、お百合」

「はい」

「どうして、人相書きの男が清太郎を殺したと思う」

「目です」

「目？」

「清太郎さんを見る目が、怖かったから」

「付きまとうようになったのは、いつ頃からだ」

「気付いたのは、一月ほど前です」

「どのように付きまとわれた」

「物陰に隠れてお店の様子を見ていたり、あたしが出かけたら、うしろから付いてきていました」

「そのことを、誰かに言ったか」

「おとっつぁんに言いましたが、大仰なことをして相手を怒らせてはいけないと言われて……」

「つまり、放っといたんだな」

お百合は辛そうに目を瞑《つぶ》った。

「清太郎さんが殺されたのは、あたしのせいです」

「誰もそんなことは言っちゃいねえ」

「でも……」

「悪いのは下手人だ。おまえさんじゃない」

「…………」

お百合は唇を噛《か》み締めて、目を潤ませた。

「辛いだろうが、清太郎のためにも気を強く持ってくれ。下手人のことについてもっと訊かせてくれないか」

「はい」

「人相書きの男が何処《どこ》の誰なのか、知らないのだな」

「知りません」

「野郎は何処で、おまえさんに目を付けたのだろうな」

「あたしが深川の外に出かけたのは春ですから、お店か、大川のほとりで清太郎さんと会っている時かと」

「なるほど。では、店の者はどうだ。付きまといがいることは知っていたのか」

「はい」

「男のことで、何か言っていなかったか」

「それが、誰も見ていないのです」

「見ていない？」

「店の前にいるのに気付いて報せた時には、決まって立ち去っていましたから」

「なぁるほど」

慎吾は十手を抜いて、肩を叩いた。

　お百合が言っていることが本当なら、付きまといに慣れた者の所業だろう。手前勝手にお百合のことを想い、想うあまり、清太郎がこの世からいなくなれば、お百合が自分を見てくれると思いこんだか。

　放っておくと、次は必ず、お百合に手を出してくる。人一人殺《あや》めれば下手人だ。二人三人殺《や》ろうが一緒だと開き直れば、何をしてくるか分かったものじゃない。

「とっつぁん」

「へい」

「誰か、お百合の見張りに付けてくれねえか」

「伝吉、松次郎。おめえたち二人でお百合さんを守ってやんな」

「がってんだ」

「何かあったら、すぐ報せるんだぜ」

「あっしらが、下手人をとっ捕まえてやりますよ」

「二人が付いていれば安心だ。よろしくな」

　慎吾が頼むと、二人はやる気満々で頷いた。

お百合を送って行かせて間もなく、利円が人相書きを揃えた。

まずは深川と本所あたりに張り出して、下手人を知っている者を探す。

おそらく深川の何処かに住む者だろうと、慎吾と五六蔵はめぼしをつけた。理由は、お百合が春からずっと、深川の外に出ていないからだ。店に紙を買いに来た客か、あるいは清太郎と町を歩く姿を見て、手前勝手に想うようになったに違いない。

「さあさあ、お腹《なか》すいたでしょう」

五六蔵の女房の千鶴が、昼餉を用意してきた。おつねは目を覚ましたらしく、おなみとともに膳を持って来た。気まずいのか、慎吾に目を向けようとしない。

「おっ、もう昼か。奉行所に行かねばな」

慎吾は気を遣《つか》って、今日のところは帰ろうとしたが、千鶴に引き止められた。

「せっかく用意したんだから、食べて行ってくださいよ、慎吾の旦那。作彦さんも」

千鶴が土間で待っている作彦に声をかけると、おつねが膳を持って行った。

作彦がぺこりと頭を下げて顔を向けたので、

「いただこうか」

頷き、慎吾も箸《はし》をとった。

千鶴が打った蕎麦《そば》に、海老と茄子《なす》の天ぷら付きだ。

「すまねえな、とっつぁん」

「うちで遠慮はいりませんや」

揚げたての海老天をつゆに浸《つ》けて、熱々を口に運んだ。

ぷりっとした歯ごたえと、海老の香りが口に広がり、たまらぬ美味しさだ。薬味を利かせた蕎麦の喉越しが抜群で、たちまちのうちに平らげた。

「いやぁ、美味《うま》かったなぁ」

蕎麦湯を飲みながらしみじみと言うと、千鶴がくすりと笑う。

「慎吾の旦那の食べっぷりを見ていると、作り甲斐がありますよ」

「普段は板前《いた》の徳治にまかせっきりですがね。旦那がいる時は、必ずこいつが作るんでさ」

五六蔵が、少し自慢を含めて言い、強面《こわもて》の顔をにやりとさせた。

五

手分けをして人相書きを貼るという五六蔵たちと分かれて、慎吾は作彦と奉行所に向かった。

「月番の初日に土左衛門が上がるとは、ついておらぬな」

詰所に入るなり、筆頭同心の田所《たどころ》兵吾之介《ひょうごのすけ》がねぎらってくれた。

臆病な気性だが、同心たちから信頼されていて、慎吾にとってもなくてはならぬ人だ。

慎吾は、田所の前に行くと、膝をそろえて座った。

「土左衛門は、知っている者でした」

「何処の誰だ」

「西永代町の油問屋、西原屋四八郎の長男、清太郎です。首を絞められた痕がありました」

「殺しか」

「はい」

お百合に付きまとう男の影と、探索の手はずを告げた。

「うむ。して、利円に描かせた人相書きは」

「ここにございます」

何枚か持っていたのを、懐《ふところ》から出して見せた。

田所は文机の上に広げて眺めると、長い息を吐いた。

「歳を食ってるな」

「お百合が申しますには、四十を過ぎたころではないかと」

「いい歳して若い女に付きまとった挙句に殺しとは、情けねえ野郎だ。女房子供がいなければよいがなぁ」

「まったくです」

「おい、みんな」

田所が声をかけると、同心たちが集まった。

「今朝上がった土左衛門を殺したかもしれぬ男の人相だ。受け持ちの見廻りがてら、番屋の者に訊いてみてくれ」

定町廻りの連中が動いてくれたら、江戸中の番屋の者が人相書きを目にする。番屋に詰める連中は、町の住人たちのことをよく知る者ばかり。人相書きのおかげで直《す》ぐ見つかったことは、少なくない。

慎吾は期待し、見廻りに出かける同心たちに頭を下げた。

「慎吾、ほとけさんは、西原屋が引き取ったのだな」

「いえ」

「何、まさか奉行所に連れてきてはおるまいな」

「ご安心を。少々気になることがございますので、華山のところに運んでおります」

「華山に？　腑分けをすると申すか」

「するしないは、華山に任せています」

「おまえらしくない、歯切れの悪いもの言いをするではないか」

「実は……」

慎吾はにじり寄り、声を潜めた。

「何……それはまことか」

「鼻が利く下っ引きが申しますもので、そちらも睨んでおこうかと」

「勘に頼るのは危ういぞ。まずは、付きまといのほうを探し出すことだな」

「はあ」

「どうした。不服か」

「いえ」

「この件は難しいことではあるまい。さっさと捕まえて、町の者を安心させてやれ」

「はい。では、探索に戻ります」

「待て。もうすぐ御奉行が御城から戻られるが、報告はどうする」

「は？」

「いや、直に御報告申し上げたいかと思ったのだ」

「与力様ではなく、御奉行にですか」

「なんとなく、松島《まつしま》様より、御奉行のほうが楽であろうかと思ってな」

「なんとなく、ですか」

「うむ、なんとなくじゃ」

含んだ物言いをする田所をじっと見つめると、目を泳がせた。

「よいのなら、探索に戻れ。松島様には、わしから伝えておく」

「はあ……では、行って参ります」

慎吾は背を向けると、首を傾《かし》げながら出かけた。

田所にとって、慎吾の亡き祖父、夏木周吾《しゅうご》は、同心の心得を学んだ師であり、親友でもある。慎吾と榊原忠之の秘密は、周吾から聞いて知っているが、固く口止めをされていることなので、奉行にも言わずに、胸の奥にしまい込んでいるのだ。

詰所から出る慎吾の背中を見送った田所は、

「いらぬ世話であったかの」

ふっと笑みをこぼし、帳面に書き物をはじめた。

門から出ようとしたところで声をかけられ、慎吾は背を返した。

「慎吾様」

ぱっと目につく赤い笄《こうがい》を髷《まげ》に挿した静香《しずか》が、花の模様が華やかな小袖から覗く手を顔のところに上げて、遠慮がちに手招きした。

「作彦、ちょいと待ってな」

門の軒下で膝をつく作彦に背を向けて戻ると、静香は奉行所の横手にある役宅に招き入れた。

雲上人である奉行の役宅に同心が気軽に入れるものではないが、奥方の久代《ひさよ》だけでなく、娘の静香までもが頻繁に慎吾を招くものだから、もはや、誰もが見慣れた光景になっている。

忠之と慎吾が父子であると知った静香は、遠慮などいらぬといった具合に役宅に招くものだから、腹違いの兄妹と知らぬ者の中には、二人が想い合っていると噂する者もいる。

役宅には女中や忠之直下の家来たちがいるため、

「姫様、それがしは探索がございます。御用のむきを」

かしこまった物言いで、静香の足を止めた。

「兄上……」

兄上と言ったところで言葉を切ったので、慎吾はどきりとして辺りを見回した。

「……が、会いたいと言っています」

ほっと胸を撫《な》で下ろしたが、目を丸くして顔を上げた。

「忠義様が!?」

兄とは呼べぬが、武士として尊敬している忠義が来ていると聞き、慎吾は目を輝かせた。

静香に案内されて奥の間に行くと、久代《ひさよ》と談笑する忠義が、明るい笑顔を向けた。

穏やかな目は母親に似ていて、人好きのする顔立ちをしている。

「おお、来たか慎吾。久しぶりであるな」

「はは、今年の冬にお会いして以来にございます」

「そうですよ、忠義。もう少し顔を見せてくれないと」

「すみません母上。忙しくて、なかなか足が向けられぬのですよ」

「だからいけないのですよ、兄上は」

「うん？」

穏やかな表情の忠義は、静香に言わせると、真面目すぎて面白くないらしい。

本来は江戸城本丸の小納戸役《こなんどやく》だが、寺社奉行水野忠邦《みずのただくに》の与力として出張っている。

真面目ゆえお役に励む忠義であるが、かゆいところに手が届く奴じゃと水野にたいそう気に入られ、自分の家来のように使われている。

ろくに休むこともなく勤める兄のことが、静香は嫌なのだ。水野屋敷に出入りするようになって、忠義はあまり笑わなくなっていた。

静香が正直に言うと、忠義は苦笑いを浮かべた。

「おまえの言うとおりだ。今日は久々に笑ったぞ」

「風当たりが強いのですか」

「心配はいりませぬぞ母上。水野様はこの先必ず出世されるお方。踏ん張って認めていただけたなら、榊原家は安泰となりましょう」

「まあまあ、頼もしいこと」

「父上と母上には、楽をしていただきますぞ」

目を輝かせる忠義を見て、以前の忠義ではないと、慎吾も思うようになった。

ただし、静香とは違い、人として、武士として、大きくなったように思えたのだ。

じっと見ている気配に気付いたか、忠義が目を向けてきた。

「慎吾」

「はい」

「ちと話がある。ともに参れ」

「兄上、ここでお話しになられてはいかがです」

「悪いが静香、ここでは言えぬ。さ、外へ参ろう」

「はは」

忠義は久代に頭を下げて、さっさと部屋から出て行った。

奉行とのことがばれてしまったのでは、という不安が込み上げ、慎吾は静香を見た。

静香も不安に思っていたらしく、目を瞠《みは》って、断じて自分じゃないという顔で、手を振った。

「何です？」

久代が、静香を訝《いぶか》った。

「いえ、何でも」

「いったい、何の話でしょうな。奥方様、話を聞いたら探索に出ますので、これにて失礼いたします」

「あら、美味しいお饅頭《まんじゅう》があるのよ」

「忠義様がお待ちですので、また今度。では」

慎吾は頭を下げると、忠義のあとを追った。

忠義は、人気《ひとけ》がない米蔵の横に誘い、

「なあ、慎吾」

「はい」

「静香をどう思っておる」

いきなり訊かれて、返答に困った。

「どう、とは」

「母上と話していたのだがな。妹を嫁にもらってくれぬか」

「げぇっ」

慎吾は慌てて口を押さえた。

「何だ、不服か」

「い、いえ、不服などと、とんでもない」

「では、もらってくれるな」

「駄目です」

「どっちなのだ」

「それがしは、不浄役人。姫様を嫁にしたら、榊原の家名に傷が入ります」

「はは、何だ、断る理由はそんなことか」

「そそ、そんなこと？」

「心配せんでも、傷など入らぬ」

「い、いやぁ……」

腹違いの兄妹だと喉まで出かけたが、ぐっと堪《こら》えて飲み込んだ。地面を見つめて、どうしたものかと考えていると、

「もらってくれぬなら、よそへ嫁にやるぞ」

忠義が、元気のない声で言った。

「水野様から、縁談を持ち出されてな。今日参上したのは、父上に伝えるためだ」

「お相手は」

「訊いてどうする」

睨まれて、慎吾は口ごもった。

「いえ……」

「相手はさる大名だ」

「大名家ならば、姫様にとっても良い縁談かと」

「まあ、な」

本当に良いのかと問う目を向けられ、

「水野様からのお話となれば、断れぬのでは」

咄嗟《とっさ》に答えると、忠義はふっと、笑みをこぼした。

「断る断らぬは、父上がお決めになる。話をする前に、おまえの気持ちを知っておきたかったのだ」

「はあ」

「てっきり二人は想い合っていると思うたが、どうやら、妹だけのようだな」

「忠義様……」

がっかりされて、慎吾は秘密を打ち明けようとした。しかし、父、忠之のことを思うと、どうしても声が出ない。

「忠義様を兄とお慕いするように、姫様のことは、妹のように思わせていただいております」

「では……」

「姫様とて、同じお気持ちなのでございますよ」

「ははぁん……」

忠義は、納得がいったように何度も頷いた。

「……さてはおまえ」

「な、何ですか」

「妹に振られたな」

何をどうしたらそのようになるのか理解できなかったが、慎吾は都合がいいと思った。

「どうだ、図星だろう」

「あはは、実はそうなのでございますよ」

「やはりそうであったか。静香に振られるとは、情けない奴だ」

「はは、これは手厳しい」

「よし。では、わしが妹を説得してやろう」

背を返す忠義に、慎吾は慌ててしがみ付いた。

「それだけはご勘弁。恥の上塗りになりますので。ね、忠義様」

「離せ」

「離しませぬ」

「離せと申すに」

「離すものですか」

第二章　落ちた刀

一

「いま帰ったよ」

ぞろりと重い足取りで、四八郎は店に入った。

覇気のない、小さな声であるせいか、繁盛店の喧騒に消されて、誰も気づいていない。

昨日、役人の手で運ばれていく清太郎を見送った四八郎は、家に帰る気になれず、行きつけの船宿に泊まった。長男を喪《うしな》った悲しみを忘れようと、馴染《なじ》みの芸者を呼ぶには呼んだが、遊ぶ気になるはずもなく、悪い酒となった。どれほど呑んだのか、はっきり覚えていない。

四八郎は巾着を投げおくと、客がいるのも構わず大きな息を吐いて、上がり框《がまち》に腰をおろした。

「旦那様!」

帳場で書き物をしていた大番頭の宗六がようやく気づき、慌てて近づいてきた。

「お帰りなさいませ」

「ああ……」

四八郎は、宗六に睨むような目を上げた。倅が死んだというのに店を開けるとは何ごとかと、怒鳴りたい気持ちをぐっと堪え、下を向く。

「いかがでございましたか。土左衛門は、まさか……」

宗六は口を開けたまま黙り、四八郎が答えるのを待った。

昨日は、清太郎が何処にもいないと騒ぎになっていたところへ、下っ引きの又介が報せにきたのだ。

慌てて出て行ったきり帰らぬのだから、悪い方に考えるのは当然だろう。

「旦那様?」

〽あなた!〽

再び声をかけた宗六を押しのけるように、妻のおたみが手を引き、奥へ連れ込んだ。

四八郎を居間に入れて戸を閉《た》てると、おたみが膝をつき合わせて座った。

「帰ってこないので心配しましたよ。どうだったのですか」

「やはり、清太郎だったよ」

力なく答えると、おたみが息を吞んだ。唇が微《かす》かに震えている。

「それで? 何故朝帰りなのです。死人はどうなったのですか」

死人と言われて、四八郎は不快な顔を上げた。

「八丁堀《はっちょうぼり》の旦那が連れて行ったよ。腑分けして、詳しく調べるそうだ」

「何ですって! どうして連れて帰らなかったのです。あなた……」

「奉行所が決めたことに、逆らえるものか」

「だからといって、みすみす置いて帰るなんて。腑分けなどして、何を調べるというのかしら」

「さあな。わたしは医者じゃないから分からないよ。今言えることはただ一つ。こうなってしまったからには、腹を決めるしかないということだ」

「弱腰になってどうするのです。腑分けなんて、誰がさせるものですか」

「そうはいうけどね、おまえ……」

「黙って帰るなんて、どうかしてます」

「どうしろと言うんだ！　お上が連れて行ったのだぞ！」

四八郎が声を荒げた時、

「旦那様」

襖《ふすま》のむこうで、手代が声をかけてきた。

「……何だい」

「御奉行所から書状が届きましてございます」

四八郎が襖を開けると、手代が一通の書状を渡した。

「何だというのだろうね。おまえは下がっていなさい」

「はい」

襖を閉めると、四八郎は書状に目を通した。

「何と書かれているのです」

「腑分けは明日の昼に行われる。清太郎は、夕刻には返すそうだ」

「まだ間に合います。あなた、坂町様に頼みましょう」

「清太郎を連れて行ったのは北町奉行所だ。南町奉行所の与力が出たところで、どうにもならんさ」

「このような時のために、高い付届けを渡しているんじゃないですか。坂町様なら、きっとどうにかしてくれます」

「あの男がただで動くものか」

「では五百両持って行きなさいまし」

「五百両？　付届けの一年分だぞ」

「清太郎を取り戻すためなら、安いものでしょう」

「安いだと……」

四八郎が歯を食いしばっておたみを睨むと、部屋を覗き見する者が目に入った。

「……誰だい、そこにいるのは」

四八郎が障子を開けると、次助《じすけ》が立っていた。

力のない目を畳に向けて、暗い顔をしている。

「次助や、どうしたの」

猫なで声で言うおたみを四八郎が睨み、

「おまえは離れに引っ込んでいなさい！」

次助を怒鳴った。

感情がない目を向けられて、四八郎はたじろいだ。もう一度怒鳴ってやろうと思ったところで、次助はくるりと背を返して、庭に下りて離れに向かった。

後を追うおたみの背中を怨めしく睨み、四八郎は表に出た。

「宗六」

「はい、旦那様」

「済まないが、今すぐ五百両ほど用意してくれ」

「ようございますが、いったい何に使われるのです」

「清太郎を連れて帰るためだ」

「若旦那は、吉原《よしわら》におられるので？」

「だったら、どんなにいいことか」

「はい？」

「奉行所から、連れて帰るために使うのだ」

　途端に、宗六の顔が青ざめた。

「だだ、旦那様。今何と……」

「土左衛門は、清太郎だったんだよ」

「まさか、そんなぁ」

　腰を抜かすようにへたり込む宗六に、

「早く、金を用意しなさい」

　苛立《いらだ》ちを露わに告げると、顔面蒼白となっていた宗六が、ふらつきながら金蔵へ向かった。

　震える手で差し出された五百両の包みを手代に持たせ、

「店は昼で閉めなさい。いいね」

宗六に言いおくと、四八郎は出かけた。

見送った宗六は、よろよろと柱にもたれかかり、静まりかえる店内を呆然《ぼうぜん》と見回した。

「若旦那が……亡くなっただなんて」

おおごとが起きたと喉を鳴らすと、ふと、鋭い視線に気付いた。様子をうかがうような顔で、おたみがじっと見ていたのだ。宗六が気づくと、目をそらせて奥に引っ込んだ。

妙な気分になった宗六は、首を傾げて考えると、難しそうな顔を上げて、おたみが立っていた場所を見た。

二

「坂町様。今申し上げたようなことでございまして、どうか、お力添えをいただきたく参上した次第でございます」

「そうであったか。清太郎がのう」

南町奉行所与力、坂町近忠《ちかただ》は、同情の目を四八郎に向けた。

「誰が殺したか、心当たりはないのか」

「清太郎の許婚に付きまとう男がおりましたとかで、今ごろは北町の旦那が、探索をされているかと」

「横恋慕による殺しであるか」

「はい」

「清太郎は、さぞ無念であったろう。しっかり供養してやることだ」

「そこで、お願いがございます」

「うむ、苦しゅうない。申してみよ」

「北町の旦那が、腑分けをして詳しく調べると申されまして、清太郎を連れて行かれました」

「近ごろは、南町でもしていることだ。それがどうした」

「苦しんで死んだ挙句に、体を切り刻まれるのはあまりに不憫《ふびん》。なにとぞ、坂町様のお力で、息子を取り戻していただけないでしょうか」

「昨日連れて行ったのならば、すでに腑分けしておろう」

「いえ。報《しら》せが参りまして、腑分けは明日の昼に行われるとのことでございます」

「ほう、やけに遅いな。わざわざ報せをよこしたのも気になる」

「北町の夏木様は、そういうお方なのでございますよ」

「あの若造か。ふん……」

坂町は鼻を鳴らし、手代が抱える包みをちらりと見た。

「……まあ、明日の昼ならば、なんとかなるやもしれぬな。清太郎は、何処に運ばれておる。奉行所か」

「いえ、国元華山とか申す医者だそうで」

「ほう、あの女医者か」

「ご存知でしたか」

「腑分けをさせたら、右に出る者がおらぬと聞いておる」

「坂町様、これを、お納めくださいませ」

四八郎が頭を下げると、手代が腰を低くして前に出、坂町の膝元に藤色の包みを差し出した。

包みの端を少し開けて、平伏する四八郎を見下ろした。

「足りぬな」

「……！」

四八郎が愕然《がくぜん》として顔を上げると、坂町は平然とした顔をしている。

「五百両では、足りませぬか」

「夏木はともかく、北町が調べていることを穏便に取り計らうのだ。少々の金をばら撒《ま》いたのでは効かぬ」

「では、あといかほどお持ちすれば」

「そうさな。もう五百といったところか」

「わかりました。すぐに用意してお持ちいたします」

「次は、ご新造《しんぞ》に持ってこさせよ」

「家内で、ございますか」

「いやならよい。これも持って帰れ」

金子《きんす》を押し返す手を止めて、

「わかりました。家内に持たせましょう」

四八郎が頭を下げると、坂町は扇子で顔を隠して、ほくそ笑んだ。

「今宵戌《いぬ》の刻。月見亭で待っておる。よいな」

「かしこまりました」


店に帰った四八郎は、出迎えた大番頭の声に応じることなく、呆然とした様子で座敷に上がった。

あるじの言いつけどおり店を閉め、奉公人たちは棚の整理や、掃除をして過ごしている。

優しかった清太郎を襲った突然の不幸に、誰もが口を噤《つぐ》み、暗い表情を浮かべていた。

異様な雰囲気が漂う店をあとにした四八郎は、おたみがいる部屋の障子を開けた。

「おまえ、こんな時によくも」

くつろいだ様子で酒を呑んでいたおたみは、亭主の剣幕に深い息を吐いた。

「落ち着かなくって、呑まずにはいられませんよ。坂町様は、引き受けてくれたのでしょうね」

「くっ……」

四八郎は歯を食いしばったが、やりきれない気持ちを抑えるべく、膳の徳利を取ると、酒をがぶ呑みした。

こぼれた酒が首筋をつたうのも構わず呑み干すと、徳利を投げ置き、おたみの前に座った。

「さらに五百両要求された」

「それで、どう返答したのです」

「どうもこうも、払わねば動いてくれぬ」

「では酒など呑んでいないで、すぐに持って行きなさいな」

「持って行くのはわたしじゃない……」

四八郎は、悲しげな目をおたみに向けた。

「……おまえに持ってこさせよとのことだ」

おたみは何を望まれたか察したらしく、着物の胸元を握ってうろたえた。

「坂町め、前から色目を向けると思うていたが、やはりおまえを狙っておったのだ。人の足元を見やがって」

おたみは優しく微笑み、膝をきつく摑《つか》む四八郎の手に、自分の手を重ねた。

「あたしが行くことで清太郎が戻るならば、店を守ることにもなりましょう。この身が役に立つなら、何処へでも行きますよ」

「いや、やはりお断りしてくる」

「何を言われます。そのようなことをしたら、戻るものも戻らなくなります」

「おまえを差し出すなど、考えられぬ」

「亡骸が切り刻まれてしまうのですよ。それでも良いのですか、あなた」

「…………」

がっくりと肩を落として背中を震わせる四八郎を横目に、おたみは鏡の前に座った。

白粉《おしろい》を直し、紅をさして着物を脱ぐと、襦袢《じゅばん》を着替えた。

三十八歳ではあるが、若いおなごに劣らぬ凝脂《ぎょうし》といい、体つきといい、男が放ってはおかぬ女ざかり。

久々に見る女房の姿にぞくっとした四八郎は、どうしようもできぬ己を呪《のろ》い、きつく目を閉じた。

暗くなるのを待って駕籠《かご》を呼ぶと、裏に横付けさせておたみは乗り込んだ。

「本当に、一人で大丈夫かい」

五百両の包みを抱えるおたみに声をかけると、

「次助を頼みます」

一言残して、夜の町へ出かけて行った。

途中で舟を雇い、暗い大川をさかのぼった。ゆっくりと進む舟の先には、吾妻《あずま》橋《ばし》の黒い影が横たわっている。

行き交う人がぶらさげている提灯《ちょうちん》の灯《あか》りが多いが、ふと気づくと、川面を照らす舟の灯りも増えていた。

吉原遊郭へ遊びに行く客たちが乗る舟だが、提灯の灯りが美しく、まぼろしの世を見ているようであった。

多くの舟は左へ曲がり、今戸橋をくぐって山谷堀を進むのだが、おたみの舟はまっすぐ上流へ向かい、橋場町の桟橋に滑り込んだ。

船頭の肩をかりて舟から降りると、迎えに出ていた者に案内されて、月見亭の暖簾をくぐった。

小石を敷き詰めた、風流な造りの小道を歩んで行くと、玄関から奥に進み、ほのかに香の匂いがする座敷に通された。

一人の男が、蠟燭《ろうそく》の灯りを背にして濡《ぬ》れ縁《えん》に座り、庭を眺めながら、ゆったりとした仕草で盃を口に運んでいる。

「お連れいたしました」

案内してきた店の男が告げ、深々と頭を下げて立ち去ってゆく。

坂町は黙ったまま庭を眺めつつ、空の盃を静かに置いた。

「お酌《しゃく》をいたしましょう」

おたみが銚子を持つと、横目で見つつ、坂町は盃を持った。

「あっ」

銚子の口を近づけるや盃を捨て、荒々しく肩を抱き締められた。

「何をなさいます」

坂町は銚子を奪い、酒を含むと、おたみに唇を重ねて、ゆるゆると流し入れた。

されるがままのおたみは、うっとりと目を閉じた。

ひとしきり唇を重ねた後、坂町は笑みを含んだ顔を離した。

「久しぶりじゃのう、おたみ」

「近忠様」

おたみが愛《いと》おしげに名を呼び、首にしがみついた。

「そなたとこうして会うのは、一年ぶりか。四八郎の奴、わしとそなたが深い仲であることに、まったく気づいておらぬようだな」

「西原屋の後妻に入って二十年。こうして時々会っていただいたからこそ、耐えられたのですよ」

「思わぬことで次助が跡を継げるのだ。辛抱した甲斐があったというものだろう」

「次助のためにも、清太郎を早く取り戻してくださいな」

「うん？　どういう意味じゃ」

「早く葬儀を済ませて、一日も早く次助を跡継ぎにするということですよ。おまえさまの息子が大商人になれば、ここにたぁんと、小判が入りますのよ」

おたみは坂町の胸元に手を滑り込ませ、妖艶な眼差しで誘惑した。

「ふふ、ふふふ、それはよい」

坂町も求めに応じて、おたみを抱き上げると、床が用意してある奥の間に連れて入った。

抱き上げられたおたみは、近忠の耳たぶを優しく噛みながら、ひそひそと何かをつぶやいた。

「何……」

驚愕する坂町に唇を重ねると、ぐうの音も出せぬように、色香の渦に巻き込んだ。

三

腑分けをする日の朝は、雲ひとつない空が広がっていたのであるが、探索に何の進展も得ていない慎吾の心は、鈍色《にびいろ》に曇っていた。

屋敷を出て奉行所に向かう道々、懐から出した人相書きを眺めながら歩いていると、作彦に肩を叩かれた。

「うん？」

「旦那様、先ほどからお呼びしていますのに」

「ああ、すまん。考え事をしていた。何だ」

「あちらのお方が、お話があると」

作彦が指し示す先に、武家の男が立っていた。生地の良さそうな羽織袴《はかま》の身形《みなり》からして、身分ある者のようだ。

「誰だ」

「それが、名前をおっしゃらないので」

「………」

慎吾は訝りながら、商家の軒先に立つ男のところへ歩み寄った。

「それがしに何か御用か」

「清太郎のことで相談がござる。済まぬが、ちと付き合ってもらいたい」

名前も告げずに頭を下げる男は、承知不承知も聞かずに背を返し、すたすたと歩きだした。

「しょうがねえな」

清太郎と言われては話を聞かぬわけにもいかず、

「作彦、奉行所で待ってろ」

先に行かせると、慎吾は男のあとを追った。

男は西河岸町を東に戻り、日本橋川の河岸に並ぶ蔵と蔵の間に入った。

石段の上に立ち、川面を眺める男の横に並ぶと、いきなり慎吾に頭を下げた。

「何の真似だい」

「拙者、南町奉行所与力、坂町近忠と申す」

与力と聞いて、慎吾は慌てた。

「これは、知らずとはいえ御無礼を。どうか頭をお上げください……」

手を添えるようにして顔を上げさせた。

「……いったい、どうされたのです」

「何も聞かず、西原屋の倅清太郎を、腑分けせずに返していただきたい」

「いやぁ」

「武士の情けにござるよ、夏木殿」

すがるように頼まれて、慎吾は困り果てた。

「何があったか知りませぬが、それだけはご勘弁を」

「駄目でござるか」

今にも川に飛び込みそうな顔をする坂町に、

「事と次第じゃ、御奉行に頼んでみますが」

同情の声をかけると、大きなため息をついた。

「実は、息子を切り刻まれたくないので、どうにか取り戻してはもらえまいかと、西原屋から頼まれましてな。普段世話になっている分、どうにも断れぬのです。下手人は、許婚の娘に付きまとう者だとか」

「ええ、今のところは」

「では腑分けは不要にござろう。ここはひとつ、拙者を助けると思うて、清太郎の亡骸を返してやってもらえぬか」

「随分と、毒まんじゅうを食わされているようですな」

多額の付届けを受けていると睨んだ慎吾は、妙に腰が低い坂町の狸《たぬき》ぶりを、即座に見抜いていた。毒まんじゅうと言った途端に、坂町の眼光が鋭くなったのも見逃さぬ。

「毒まんじゅうとは、何のことやら。拙者はただ、人柄の良い西原屋の力になってやりたいだけにござるよ」

「さようでしたか。これは、御無礼を申しました」

「ならば、返していただけますな」

「いえ。殺された清太郎の無念を晴らすためにも、お断りいたす」

「ふた親が望んでおるのですぞ」

「一刻も早く下手人を捕まえることが、殺された者へ対する最良の供養。腑分けをして、下手人の手がかりを探すのがだいじかと。与力様ほどのお方なれば、それがしが申すまでもなく、お分かりのはず」

「ま、まあ、それはそうじゃ」

「では、これにて」

なお追いすがろうとする坂町に背を向け、慎吾は奉行所に向かった。

初めて見た時は、いかにもやり手のような様子であったが、肩を落とす姿は、奉行所の与力とは思えぬ頼りなさ。

坂町が上役でなくて良かったと、慎吾は思った。

「何、南町の与力が口を挟んできたとな」

「ええ」

　筆頭同心の田所が、眉間に皺を寄せた。

「与力の名前は」

「坂町近忠様です」

「ううむ、なるほど」

「ご存知なので？」

「知らん……」

　真顔で答える田所を睨んでいると、

「……と言う者は、おまえぐらいだぞ、慎吾」

　呆れられた。

「名の知れたお方なのですか」

「うむ。吟味方与力であるが、前は見廻り方の与力をしていたらしく、今でも付届けを強要しているとの噂もある。役宅はさほど大きくはないが、白金《しろかね》村辺りに豪勢な寮を持っていると聞く」

「なるほど……」

「西原屋ほどの大商人ならば、相当な額を渡しておるのやもしれぬな」

「与力を使ってまで清太郎の亡骸を取り戻そうとするのは、何故でしょうね」

「まあ、可愛い跡取り息子を刻まれるのが嫌なのだろうな。おまえこそ、何で腑分けにこだわるのだ。下手人は、人相書きまであるというに」

「はあ、先日申し上げましたように、ちょいと気になることがあるもので」

「ああ、あのことか。さては、清太郎を餌《えさ》にしてやがるな」

「餌などと、人聞きの悪い」

「あまりやりすぎるなよ。坂町は評判が良くないからな。気をつけることだ」

「ご忠告、肝に銘じます。では、探索に出ます」

頭を下げて出かける慎吾の背中を見て、田所が鼻で笑った。

「あの野郎、たいして気にしちゃいねえな」

四

腑分けをするまでにはまだ間があるが、慎吾は作彦とともに華山の所に向かった。寄り道をせずに川口町の診療所に着くと、妙に騒がしかった。

患者が外まで溢《あふ》れていて、長い行列ができている。

「おい、棟梁《とうりょう》、何かあったのか」

顔見知りの大工を捕まえて訊くと、

「ああ、慎吾の旦那。今日は妙なんで……」

胸を患っているので、息が抜けるような声で言う。

「……あちこち怪我をした者が多いんですがね、あっしに言わせりゃ、唾をつけときゃ治るぐれぇのことで、先生のお手を煩わせてやがるんで」

人相の悪い男たちにぎろりと睨まれて、棟梁は首をすくめた。

言われてみれば、並んでいる野郎はいかにもごろつきばかりで、みな腕や足に怪我をしているらしく、着物に血を滲《にじ》ませていた。

「おう、おめえたち。その怪我はどうした」

行列に向かって訊いたが、誰一人答えようとしない。

十手を引き抜いた慎吾は、髭面《ひげづら》の大男に突きつけた。

「腕の怪我はどうしたのかと訊いてるんだ。答えねえとしょっぴくぞ」

「へへ、ちょいと転んじまったんでさ」

髭面が顔を引きつらせて、前歯が抜けた口でにんまりと笑った。

「診《み》せてみろ」

嫌がるのを捕まえて腕をまくると、

「痛《い》てて！」

大げさな声をあげて尻餅《しりもち》をついた。

「ばかやろう！　腕を擦りむいたくれぇで医者に来るんじゃねえ」

「でも旦那、痛てぇもんは痛てぇよ」

「ちょっと、八丁堀」

華山の声に振り向くと、腰に手をあてて立っていた。顔は怒っている。

「あたしの患者をいじめたら許さないわよ」

「患者ってほどのもんか」

「あら、擦り傷だって馬鹿にしてたら、腕が腐ることもあるのよ。そこでうだうだ言ってる暇があるんなら、手伝ってちょうだい」

「お、おう」

「はい、焼酎」

十手を帯にねじ込み、焼酎を受け取った慎吾は、傷に流して治療を手伝った。

「旦那様、わたしが」

作彦が申し出たので素直に渡して、慎吾は行列の前方に行った。

「ちょっと、もう怠けてるの」

「華山、これだけの患者を受け入れて、昼の仕事は間に合うんだろうな」

「間に合うわけないじゃないの」

「あっさり言うねぇ。お上の仕事だぞ」

「悪いけど、生きてる人の方が先だから」

慎吾は、ごろつきたちの中に、ほくそ笑む空気を感じた。

気づいていないふりをして、

「そんなこと言っておめえ、日が暮れたらできねえだろう。今夜にはほとけさんを返すと伝えてあるんだぜ」

いかにも困ったように、指で鬢をかいた。

「あのね、八丁堀。急いでるんだから、邪魔しないでちょうだい」

「ったく、おめえたち、いってえ何をして怪我したんだ。喧嘩でもしたのか」

「いやぁ、暴れ馬でさ」

「おいらは猪《いのしし》に追われたんで」

「あっしは、かかあにひっかかれて、へへ」

みな適当なことを並べて、とぼけたような顔で並んでいる。誰かに頼まれてやっていることは、明らかだった。

何者かが雇って、腑分けをさせないようにしてやがる。

ふと思った慎吾は、一人の首根っこを引っつかむと、引きずるようにして物陰に連れ込んだ。

十手を抜いて首に当て、ぐいと力を入れた。

苦しげに呻《うめ》く男の目を、まっすぐ見た。

「誰に頼まれた」

「な、何のことで」

「大番屋にしょっ引かれるのと、こいつを懐に入れるのと、どっちがいい」

慎吾はなけなしの一分金をつまんで、男の目の前にかざした。

「ここ、こっちで」

一分金を摑もうとする手を振り払い、喋《しゃべ》ったらやると言って十手の力をゆるめた。

苦しそうに喉を押さえた男が、二つ三つ大きな息をすると、誰に頼まれたかを白状した。

「浪人風の男だと?」

「へい。二分金一枚やるから、適当に傷をつけて華山先生のところで診てもらえと」

「どんな野郎だ」

「ですから、浪人風で」

「ばかやろ、そんなことは分かってら。歳とか背丈のことだ」

「背の丈は、旦那ほどでしょうかね。歳はもっと食ってやす。四十ほどでしょうか」

「おめえみてえに、悪人づらか」

「いえ、そうは見えませんが、なんだか冷たい目をしてやした」

「で、おめえは二分をもらって、何処をどう傷つけたんだ」

「脛《すね》をちょいと……」

「見せてみろ」

裾をまくると、毛が生えた脛を刃物で斬っていた。

「痛てえか」

「てえしたことはねえです」

「このやろ」

　手ではたくと、男が飛び上がった。

「ほら、これ持ってとっととけえれ」

一分金を投げ渡すと、男を蹴飛ばすようにして追い払い、診療所に戻った。

軽い怪我の者を追い払おうとしたが、中には子供までいるのでそうはいかず、
結局慎吾は、治療を手伝った。

次から次へと怪我人の治療を済ませ、華山の手が空いたのは日暮れ時だ。

「今日はできないわね。どうする」

「どうするっておめえ、仕方ねえや。作彦」

「へい」

「ひとっ走り西原屋に行って、清太郎は明日の昼に迎えに来いと伝えろ。夜に浜やで落ち合おうぜ」

「わかりやした」

玄関へ向かう作彦を見送り、慎吾は華山にあとのことを頼んだ。

「おう華山。下手人をとっ捕まえたら、ゆっくり一杯やろうぜ」

「まあ、お酒に誘ってくれるなんて珍しいじゃない」

「おめえのおごりだぜ。治療を手伝ったんだからよ。じゃあな」

「もう。しょうがないなぁ」

軽く手を上げて出て行く慎吾に、華山が呆れて笑った。

「先生？」

見習いのおかえが探るような目を向けてきた。

「……何よ」

「何だか、嬉しそうですね」

「ばか、何いってるのよ」

「ほら、赤くなった」

「こら、怒るわよ。つまらないこといってないで、仕事仕事。次の患者さんを入れてちょうだい」

「はぁい」

おかえが待合所の戸を開けて、あたりを見回した。

「先生、誰もいませんよ」

「ええ、一人いたわよね」

「はい、お侍さんがおられましたが」

「へんねえ、帰ったのかしら」

誰もいない待合所を覗いて、華山は首を傾げた。

慎吾が銀町《しろがねちょう》に行く前に、すっかり日が暮れてしまった。

蔵の仕事も終わり、酒問屋も店じまいをしているのであたりは人通りが少ない。

居酒屋五右衛門の赤提灯が、暗い夜道に映えていた。

客の賑やかな声と、魚を焼く香ばしい匂いに一杯やりたい気持ちになったが、今夜は朝まで見廻りだ。ぐっと堪えて、店先を進んで蔵地を歩んだ。

二の橋を越えようとした時、慎吾はふと、背後に異様な気配を感じて足を止めた。

背筋がぞくっとする気配に、無意識のうちに十手を抜き、振り向きざまに刃を受け止めた。

橋の上に鋼《はがね》がかち合う音が響き、両者は同時に飛びすさった。

相手は一人だった。覆面で顔を隠し、夜に溶け込む黒い着物に身を包んでいる。

「何者だ。北町奉行所同心と知っての狼藉《ろうぜき》か」

「………」

「答えよ！」

「ただの、辻斬《つじぎ》りよ」

くぐもった声だが、笑みを含んだ言い方をした。

「ほぉう、辻斬りか。ならば、容赦はせぬぞ」

慎吾は十手を帯に戻し、抜刀した。

正眼《せいがん》に構え、ゆるりと上段の構えに変じると、相手は八双《はっそう》で応じた。

無紋の単衣を着た浪人風だが、内から発する気といい、構えといい、かなりの遣《つか》い手《て》。

慎吾がそう思った刹那《せつな》、気の迷いを察したように、相手が動いた。

「いやぁ！」

裂帛《れっぱく》の気合とともに、八双の構えから太刀を真横に一閃《いっせん》した。一歩踏み込んだ切先《きっさき》が、慎吾の胴を払いにくる。

慎吾が僅《わず》かに先に動き、上段から刀を振り下ろして、出鼻を挫《くじ》いた。

「うっ」

辛《かろ》うじて慎吾の刀をかわした相手が、すっとさがり、正眼の構えで立て直した。

その隙《すき》を慎吾は見逃さない。相手がさがるのを追い、構えをとろうとする瞬間を狙い、喉をめがけて突きを繰りだした。

慌てて払い上げた刀を逆に押さえ込み、顔面に肘鉄を食らわせた。

「お、おのれ」

剣ではなく肘を入れられ、相手がいきり立った。素早く正眼に構え、前に出る。

「おお！」

慎吾は気迫とともに、上から斬り迫ろうとした切先をかわし、刀を小さく振って籠手《こて》を打った。

「とお！」

「うっ」

慎吾に打たれた相手は、刀を落として、左手で手首を押さえた。

「案ずるな、刃を引いておる」

下段に構えて、ちゃり、と刃を返して見せると、刀を拾おうとする相手に迫り、切先を上げて威圧した。

相手は、慎吾に鋭い目を向けたままじりじりさがると、背を返すや、暗闇《くらやみ》の中に走り去った。

深追いに危険を察した慎吾は、納刀すると、足元に転がる刀を拾った。微かな星明かりの中で見える刀身は、目利きでなくても、名刀と分かるほどのものであった。

「どこぞの武家が、手に入れた宝刀の切れ味を試そうとしやがったか」

辻斬りが逃げ去った闇を睨み、慎吾は浜やへ向かった。

五

慎吾が浜やの暖簾をくぐると、ぱっと明るい顔が目に入った。

鮮やかな青色の着物を粋に着こなし、赤い鼻緒の下駄を履いた若い娘が、慎吾を見るとにこやかな笑みを浮かべて頭を下げた。

「慎吾の旦那」

「よう。又介を迎えにきたのかい」

「はい」

「仲がいいこったな」

「おかげ様で」

今年二十歳《はたち》になったおけいは、富岡八幡宮《とみおかはちまんぐう》門前にある楊枝屋の看板娘だ。一年前に又介と夫婦になったばかりで、おけいの母親と三人で、黒江町《くろえちょう》の長屋に暮らしている。

いずれはちゃんとした店を持つのが夫婦の夢で、たまに慎吾が渡す小銭も、ちやっかり貯めている。

慎吾はおけいが持っている楊枝の束を見た。

「何だ。今日は少ないな。又介のやつ、怠けたのか」

「それが旦那、あの人ったらいないんですよう」

「いない？」

「女将《おかみ》さんに聞いたら、昼前から何処かへ出かけてるんですって」

「ふぅん。珍しいな」

「はい、お待ちどうさん」

千鶴が茶と菓子を載せた盆を持ってくると、

「あら、慎吾の旦那。どうしたんです、物騒なものぶらさげて」

「こいつかい。橋の上に落ちてたんだ。明るいところで見ると、ますますいい代《しろ》物《もの》だな」

抜き身を眺めていると、千鶴が気味が悪いと言った。

「しまってくださいよう。旦那もお茶いれましょうね。それとも一本つけましょうか」

「いいや、朝までお勤めだ。何もいらねえぞ」

「はいはい」

千鶴はおけいに茶を出してやると、湯飲みを取りに引っ込んだ。

「とっつぁんは出ているのかい」

奥に声をかけると、

「人相書きの人を探してますよ」

忙《せわ》しく茶を持ってくると、おけいと並んで座った。

「何か、手がかりがありそうかい」

「それがね旦那、何処の番屋に声をかけても、みんな見たことがないらしいですよ」

「では、本所深川に住む者じゃねえってことか」

「家無しじゃないかって、親分は言ってましたよ」

「女将さん。うちの人も、探索に出ているんでしょう」

「親分とはいっしょじゃないよ」

「何処へ行ったんだ」

慎吾が訊くと、千鶴は首を傾げた。

「それが、何も言わずに出て行ったんですよう。まあ、又介のことだから、探索していているんだろうけど」

「伝吉と松次郎は何も言ってこないか」

「ええ、お百合ちゃんをしっかり見張っているみたいですよ」

話しているところへ、作彦と又介が二人で戻ってきた。

「旦那様」

「おう、ご苦労さん。西原屋は、納得してくれたか」

「渋々ですが、どうにか」

「そうかい。で、又介は何処へ行ってたんだ」

「へい。西原屋を探っていたんで」

「あら、西原屋さんを探るってどういうことさ」

千鶴が訊くので、慎吾が答えた。

「又介はな、人相書きの男を、西原屋が雇ったんじゃねえかと疑ってるのよ」

「ええ？　それじゃ、息子を殺させたっていうのかい」

「あっしの勘ですから当てにはなりませんが、どうにも気になるもので」

「四八郎の目が、気にいらねえんだよなぁ」

「……ええ」

「どんなふうにだい」

「何といいますか、脅えたような、何かを隠しているような、妙な感じがするんで」

「決めてかかるのは危ねえことだが、おめえが言うんだ。思うようにやってみな」

「へい」

又介は笑みを浮かべた。

「今日のところは帰りな。明日からまた頼むぜ」

「でも親分が」

「いいんだよ、うちの人は。鉄砲玉なんだからさ。おけいちゃんと早く帰ってやりな」

「では、お言葉に甘えて、お先に失礼しやす」

「女将さん、ごちそうさまでした」

夫婦仲良く、頭を下げて帰路につくのを見送ると、

「ほんとに可愛いお嫁さんだね。羨《うらや》ましいでしょ、旦那」

千鶴が意味ありげに笑った。

「別に何ともねえや。しかし、今日はやけに静かじゃねえか」

「珍しくお客さんが一人もいないの。だからみんな今夜は骨休めでね、島屋へごはんを食べに行きましたよ」

島屋と聞いて、作彦が吹き出した。春の日のいつだったか、呑み過ぎて化粧騒ぎがあったのを思い出したのだ。

慎吾がじろりと睨むと、作彦は手で口を塞《ふさ》いだ。

作彦が座る入り口に人が入ったと思うと、

「ああ、慎吾の旦那」

五六蔵が、伝吉と松次郎を連れて帰ってきた。

「ご苦労だったな。収穫はあったかい」

「いえ……」

五六蔵はかぶりを振り、

「……こっちもねえようなので、今夜は連れて帰りやした」

付きまといが店にまで押し込んでは来ないだろうと、二人を迎えに行ったのだ。

「二人ともご苦労だったな。お百合の様子はどうだ」

「店の者の話じゃ、ずっと部屋から泣き声がしているそうで」

「可哀相で、見ちゃいられませんや」

伝吉がぐしゅりと洟《はな》をすると、松次郎が驚いた顔を向けた。

「おめえ、いつの間に見たんだ」

「気になったから、客に化けて忍び込んだんですよ」

「かぁ、女が絡むとすぐこれだ」

「そうじゃなくて、あっしはお百合ちゃんが間違ったことをしねえかと気が気じゃなかったんですよ」

「清太郎のあとを追うってことか」

「ええ」

「母親が付いてるんだから心配ねえさ。明日からは、勝手に持ち場を離れるんじゃねえぞ」

「分かったよ……」

　松次郎にきつく言われて、伝吉はふてくされた。

　二人のやりとりにふっと笑みをこぼした五六蔵が、慎吾がうしろに抜き身の刀を置いているのに気づいた。

「旦那、そいつはどうされたんで」

「これか……」

「橋に落ちてたんだってさ」

千鶴に顔を向けた五六蔵が、慎吾に疑いの目を向けてきた。

「ほんとですかい、旦那」

「まあ、そんなところだ」

慎吾は誤魔化すと、立ち上がった。

「みんなの顔を見たことだし、夜廻りに行くとするか。付きまといは、今こそなりを潜めているようだが、そうやめられるものじゃねえはずだ。野郎は必ずお百合に近づいてくる。ぬかりなく頼むぜ」

「がってんだ」

「うん。それじゃ、また明日な」

みなの見送りを受けて、慎吾と作彦は夜の町へ出かけた。

第三章　疑惑

一

「はじめるわよ」

仕度を整えた華山が、父から譲り受けた刃物を持ち、清太郎の腹を割った。

慎吾は思わず目をそむけたが、華山は真剣な眼差しで、手際よくすすめていく。

「水を飲んでいない。殺されてから川に捨てられたようね」

「そ、そうかい」

片目を開けて、すぐに閉じる慎吾に、華山は淡々と話して聞かせた。

調べを終えたとき、不思議なことに、清太郎の体は、腹と胸を縫い合わせた痕こそあるのだろうが、さらしを巻かれているのできれいなものだった。

「終わりか。もっと切り刻むのかと思ってたぜ」

「頭にも大きな傷はなかったから、水を飲んでいるかどうかを診ただけよ」

「そうかい。何だかさっぱりしているな」

「でも、はっきりしたことがあるわ。殺されたのは、何処かの座敷ね」

「そんなことが、何故分かる」

「指を見てちょうだい。右手の爪が、全部剝《は》がれかけているでしょう」

「おう」

華山は、文机の上から紙包みを持ってくると、開いて見せた。

「連れてこられた時に外見《そとみ》を調べたの。間にこれが挟まっていたわ」

「草か、それとも藁《わら》か」

「藁が近いと思うのだけど、畳かもしれないわね」

「畳？」

「首を絞められた苦しみで、爪が剝がれるほど引《ひ》っ搔《か》いたとすれば、外だと土が混ざっているはずよ」

「うん」

「だけど、土はなかった」

「じゃあ、畳か。どこぞの座敷で殺されたあとで、川に捨てられたってことだな」

「ええ。それともう一つ」

　華山が別の包みを出した。

「何だ、これは」

「人の皮だと思う。左手の爪に、ぎっしり詰まっていたわ」

「右手で畳、左手で下手人を引っ掻いて苦しんだということか」

「そう思って、間違いないと思うわ」

「なぁるほど。するってぇと、下手人の体の何処かに、引っ掻き傷があるってことだな」

「これだけ詰まっていたのだから、かなり深い傷よ」

「うん。よし、ありがとよ。西原屋の連中が来たら、ほとけさんを返してやってくれ」

あとのことを華山に任せて、慎吾は診療所を出た。

作彦を従えて歩みながら、慎吾は首を傾げて考えていた。

爪に畳の滓《かす》が詰まっていた。座敷で殺された。付きまといの男が下手人だとすると、畳の部屋で二人が会っていたことになる。

「作彦、見ず知らずの者同士が畳の部屋で会うとなると、何処だ」

「へ？」

突然訊かれて、素っ頓狂な声をあげた。

「誰にも見られずに人を殺せる座敷だ。思い当たる場所がねえか」

「さあ、何処がありますかねぇ」

うしろにいる作彦に物騒なことを話しかけたものだから、すれ違った若い女が脅えたように目をそらし、小走りで走り去った。

作彦に手招きして隣にこさせると、慎吾は思い当たる場所を上げた。

「そば屋や、料理屋の部屋。茶店などで会うにしても、人目に付く。下手人はいってぇ、何処で首を絞めやがったんだ」

「旦那様、自分のすみかに誘い込んだんじゃ」

「こっそり運び出して捨てたか」

「何処かの空き家ってこともありますね」

「どちらにしろ、清太郎が中へ入らねえとできねえことだが、許婚に付きまとう野郎に付いて行くだろうか」

「だいじな話があるとか、何かこう、うまく騙《だま》して誘い込んだんじゃないですかね」

「うぅん」

慎吾は腕組みをして考えた。

作彦の言うとおり、誘い込むのは難しいことじゃない。

すみかに引き込んで殺したなら、畳に証《あか》しがあるはずだ。あとは引っかかれた傷があれば、そいつが下手人に間違いない。

慎吾は一人で頷きながら、坂本町から海賊橋を越えて右に曲がり、まっすぐ江戸橋へ向かった。

「旦那様、奉行所に戻らないので?」

「おう、ちょいと用を思い出したのでな。長谷川町《はせがわちょう》まで行くぞ」

大昔は吉原遊郭があったという新和泉町《しんいずみちょう》を抜けて、大店が軒を並べる大門通りを北へ向かった。

長谷川町一の大店である呉服織物問屋、田原屋の繁盛ぶりを眺めながら前を通り過ぎたところで、急に立ち止まった。

「いけね、道を間違えた」

戻ろうと背を返したところへ、田原屋から出てきた若いおなごに目を奪われていた作彦がぶつかった。

「うわ。これは、とんだことを」

「おう、それはいいが行き過ぎちまった。たしか近くに三光稲荷《さんこういなり》があったよな」

「旦那様、こちらで」

額を押さえながら、作彦が来た道を戻った。

「おい、作彦、さっきからあの娘が気になっているようだな」

「へへ、ご存知だったんで」

「ぼーっとしてるから、すぐに分からぁな」

田原屋から出てきた娘は、隣の小間物屋の前に立ち、外の縁台に並べられていた巾着袋を見ていた。丁稚《でっち》小僧を供に連れているので、大店の娘だろう。

よっぽど好みなのだろう。後ろを通り過ぎる作彦が、またしても目を奪われている。

「しょうがねえな」

慎吾が鼻で笑っていると、気づいた作彦が照れ笑いを浮かべた。

「旦那様、こちらで」

通りを右に曲がり、三光新道を御城の方へ歩むと、右手に神社の鳥居が見えた。鳥居が見えたらこっちのものだ。

「作彦、手前の角を入れ」

立ち止まる作彦を従えて、神社の手前の路地に入った。

板木の塀に沿って奥に行くと、唐突に、鉄を打つ音が響いてきた。

「旦那様、このような所に鍛冶屋《かじ》があるので」

「ああ、俺も知らなかったのだが、昨夜田所さんに例の刀を見せたら、いい研師《とぎし》がいるので預けてやろうと言われてな。今朝のうちに持ってきてある筈《はず》なのだ」

「さようでしたか。どうやら、刀も鍛えるようですね」

路地に響く景気のいい音を聞いて、作彦が言った。

音を頼りに歩むと、粗末な門の中から聞こえていた。訪《おとな》ったが返事がないので、慎吾と作彦は勝手に入った。

わりと広い敷地の中に瓦葺《かわらぶき》の母屋《おもや》があり、少し離れたところに小屋が建っていた。鉄を打つ音は小屋からしている。入り口に羽織袴姿の侍が二人いて、立ち話をしていた。

二人とも同じ空色の羽織を着ているところをみると、どこぞの御家に仕える者であることはすぐに分かった。

小屋に行こうとした時、母屋の方から走ってくる者がいた。藍染《あいぞめ》の小綺麗《こぎれい》な着物を端折り、白い股引を穿いた下男が、慎吾の前で頭を下げた。

「どちら様でございましょうか」

「北町奉行所の夏木だ」

「おつとめ、ご苦労様にございます」

「預けた物のことを聞きに来たのだが」

「申しわけございません。あるじ横山祐水《ゆうすい》は、ただいま作刀中でございますので、これよりの立ち入りはお控えください」

「お上の御用と言いたいところだが、仕方あるまいな。待たせてもらうぜ」

「おそれいります。こちらへどうぞ」

下男に案内されて、母屋に向かった。

玄関からではなく、庭から鍛錬場が見える部屋に案内されると、座敷に上げてはもらえずに、縁側に座るよう示された。作彦は、縁側に腰掛ける慎吾のそばに控え、地べたに膝をついた。

随分粗末な扱いだが、不浄役人たる同心など所詮はこんなものだと、慎吾はわきまえている。

玉鋼《たまはがね》を打つ音を聞きながら、出された茶をすすった。

ほどなく音が止み、鍛錬場《や》の前に控えていた侍たちが中に呼ばれて入った。

慌てたように入ったので、慎吾は何か起きたのかと思いつつ見ていた。作彦が顔を向けてきて、気にした様子で鍛錬場に目を向けた。

そのうち一人が出てきた。風呂敷包みを背負っている。次に出てきた侍は、白装束の老翁に肩を貸し、労《いた》わるように手を持って、ゆっくり歩んでいる。

続いて白装束を着た男が出てくると、白木の杖をついた老翁に深々と頭を下げた。そこへ、先ほどの下男が駆けて行った。

慎吾が来たことを告げたらしく、若い方の男が顔を向けて慎吾たちを見ると、老翁に何やら話している。そして、みなが母屋に向かって歩んできた。

「お待たせいたしました。あるじの横山祐水にございます」

「北町奉行所の夏木慎吾です」

横山と名乗った男の歳は慎吾と同じほどだろうか。炎の熱で赤く焼けた顔に浮かべる笑みが清々しい。それに比べて、家来の手を借りて座敷に座った老翁は、地肌が黒々と照り、じっとりとした白い目を慎吾に向け、口をへの字に引き結んでいる。

声をかけた途端に、うるさい、と怒鳴られそうな様子であったが、慎吾が顔を向けて頭を下げると、黄ばんだ歯を見せて、莞爾《かんじ》として笑った。

「田所様からお預かりした刀のことですね」

老翁の名を聞く前に横山が訊いてきたので、慎吾は顔を向けた。

「はい」

「失礼ですが、あの刀を橋の上で拾ったと申されるは、まことでしょうや」

「はは。まあ、そうですな。見たところ名刀のようなので、研師の方に目利きしてもらえば持ち主がわかるまいかと思い、お願いした次第で」

「なるほど」

「見ていただけましたかな」

「ええ」

「で、いかがにござった」

「おかげさまで、滅多に出ぬ名刀を拝見することができました」

「ほう、それほどのものでしたか」

「はい。治平、これへもて」

横山が命じると、下男が刀を持ってきた。

抜き身の刀を前にして、老翁が身を乗り出した。

「ほほ、これはこれは、うん」

白い眉を上下させて、目を輝かせている。

「私の目に狂いはないと思いますが、お確かめください」

横山が刀を渡すと、老翁は慣れた手つきで柄《つか》を外した。茎《なかご》に彫られた銘を、特に念入りに眺めている。

「興広《おきひろ》様、いかがにございましょう」

横山が伺いを立てると、老翁は笑みを浮かべた。

「おぬしが申すとおり、まぎれもなく、長曾禰《ながそね》興里《おきさと》入道《にゅうどう》虎徹《こてつ》じゃ」

「長曾禰興里入道乕徹？」

慎吾は名を復唱したが、ぴんとこなかった。しかし、一拍の間をおき、思わず息を呑み込んだ。

「乕徹だと！」

「そうじゃ」

「あの、大名道具と云われる乕徹か」

「いかにも」

慎吾は目を丸くしたが、急に熱が冷めた。

乕徹とは、江戸初期の名工、長曾禰興里の入道名である。興里が鍛えた刀は地金が明るく冴え、見栄えが良く、切れ味も鋭い刀として名がとおっている。

いわゆる大名道具として名高く、高値であるのだが、一方では、贋作《がんさく》も多いことでも名が知れている。

「おめえさんたちはさぞかし目が利くのだろうとは思うが、偽物ではないのか」

「うたぐり深いお方じゃの」

老翁は脇差を抜き、目釘を抜くと柄を外した。

「ほれ、よう比べて見よ」

並べられた刀身には、長曾禰興里入道乕徹の銘が刻まれている。どちらも同じ彫り方がしてあった。

興里が残した刀の銘には、乕徹と虎徹の二通りがある。虎徹は初期の作で、乕徹が後年の作とされていて、乕徹の方が出来が良い。

目の前に大小の乕徹が揃うことなど、大名家でもないであろう。

慎吾は喉を鳴らした。

「これが本物だというなら、爺さん、あんた、何者だ」

「ほほ、わしか、長曾禰興広、長曾禰興里の血を引く者じゃ」

「こういっちゃなんだが……」

慎吾は唇を舐めて、老翁に鋭い目を向けた。

「長曾禰一族は刀工として優れた者がいなくなり、今では名を継ぐ者はいないと聞いていたが」

「無礼な」

横山が慌てたが、興広が制した。

「よい」

「しかし先生」

「よいのじゃ。我らが仕向けたことじゃからなぁ」

目を細めて穏やかな表情で言うと、太刀のほうを元どおりに組み立て、慎吾に渡した。

「厝徹を見たら偽物と思えというのが世の常だ。一族が名を潜めたのは、その風評のせいか」

「いかにも、そのとおりじゃ。だが刀工としての伝統は、脈々と受け継がれておる。名を変えてな」

慎吾は、はっとなった。

「なぁるほど、そうだったのかい。田所さんがここを頼れと言ったのも、納得がいったぜ」

横山を見ると、口元に笑みを浮かべている。

慎吾は受け取った帯徹を眺めて、

「本物だということはよぉく分かった。あんたたちが優れた人物だということもな。しかし、持ち主までは分かるまいなぁ」

横山が興広を見て伺いを立てると、老翁はゆっくり頷いた。

「分かるのか」

慎吾が身を乗り出すと、横山が頷いた。

「高値の鮫皮《さめがわ》に黒い柄巻きを使ったこちらの品は、直心影《じきしんかげ》流金森道場のあるじ、金森一斎先生のお持ち物ではないかと存じます」

「金森道場といや、三十間堀《さんじっけんぼり》の金森道場か」

「はい。御奉行所の方々も、御門人は少なくないと聞いておりますが」

「北町はおらぬ。となると、南町の連中が通っているのか。ふぅん、なるほどな……」

慎吾の目が鋭くなった。

「……では、早速届けてやろう。世話になった」

名刀工の二人に頭を下げると、慎吾は金森道場に向かった。

二

京橋南の三十間堀沿いを歩み、三丁目の角を右に曲がった。

金森道場は、門弟が百人を越え、大名家の家臣も通う名門だ。直心影流を極めた金森一斎は、さる大名家が主催した御前試合で見事に勝ち残り、剣術指南役を乞われたがきっぱり断ったというので、名が知れ渡った。大名が西国の大家だったのが、金森の名を広めたのだ。

慎吾はそれほどの達人を倒したことになるのだが、どうにも、腑に落ちなかった。己の剣術が未熟とは思っておらぬが、一斎ほどの剣客が、刀を捨てて逃げ去るとは思えないのだ。

慎吾は腕組みをして、考えながら歩んだ。

誰かが一斎の佩刀を盗み、試し切りを企てたのではなかろうか。であるならば、納得がいくというものだ。籠手に一撃を与えているので、骨が折れずとも、まともに刀を握れぬはず。南町奉行所の連中が門弟にいると聞いて、慎吾の頭の中には、与力、坂町近忠の顔がちらついていた。覆面で顔は見えなかったが、坂町本人か、あるいは命令を受けた誰かが、道場から鬲徹を盗み出したのかもしれぬ。いずれにせよ、道場に行けば、何か分かるであろう。

しばらく歩むと、土塀の中から気合声が聞こえてきた。木太刀がかち合う音と、どよめく声が聞こえる。

金森道場の看板を確かめて、開け放たれている門の中を覗くと、下男らしき男が庭木の世話をしていた。他に人影は見あたらない。

「作彦、あの者の気を引き付けろ。隙を見て潜り込む」

「へい」

作彦から、横山祐水がさらしを巻いてくれた刀を受け取り、物陰に身を潜めた。

「いいか、半刻《はんとき》たっても戻らない時は、田所さんに知らせるんだぞ」

作彦は頷き、門から入った。

「ちょいと、ごめんなさいよ」

「へぇい」

下男が手を休めて振り向き、作彦のところへきた。

「何か、御用で」

「水飴《みずあめ》おろし問屋を探してるんですがね、どうも道に迷っちまったみてえなんで。三丁目と聞いてきたんですが」

「ああ、尾張屋さんだね」

「近くにございますか」

「前の通りを御城の方じゃなくって海の方へ行ってな。角を右に曲がって、二つ目の角を御城の方へ曲がって……・聞いてるのかい」

「こりゃどうも、頭ん中が凧糸《たこいと》のようにこんがらがっちまって、へへ」

「だから前の通りをだな……まあいいや、付いてきなせえ」

作彦が呆けたような顔をするので、下男が剪定《せんてい》ばさみを置いて頰被りを取った。

辻灯籠《つじどうろう》の陰に隠れた慎吾が、通りを海の方へ歩む二人を見ていると、作彦が横目でちらりと見て頷いた。

いそいそと門内に入った慎吾は、人気がないのを確かめると、稽古の声が響く方へ向かった。道場の建物は、さほど大きくはない。人の出入りを厳しくしていないとみえて、三人の子供たちが稽古の様子を覗き見していた。

「何だ、作彦に小細工をさせなくても良かったじゃねえか」

独り言をいいながら近づき、子供たちのうしろから中を覗いた。

「お、やってるな」

慎吾がいうと、子供たちが振り向いた。

「坊やたち、いつも見にきてるのか」

「うん、きてるよ」

「先生は、すごいんだ」

青洟をたらした小僧が自慢げにいう。慎吾は懐紙を出して、鼻に押し当てた。

「洟をとりな。坊や、すげぇ先生は、どの人だ」

「座ってる人だよ」

懐紙で鼻を擦りながら、小僧が指差した。上座に座る男は意外に若く、考え事をしているのか、稽古を見守らずに、視線を床に落としている。

激しい稽古をする門人たちが邪魔で顔しか見えなかったが、少しだけ間が空いた時に見えた体を、慎吾は見逃さなかった。

「おう、これで菓子でも買いな」

十文ばかりを握らせて帰らせると、慎吾は入り口に向かった。黙って上がり、勝手に廊下を歩んで稽古場に行くと、上座に座る男が気づき、目を丸くした。

慌てて首から何か外したようだが、慎吾は見ぬふりをして、稽古を見学する門弟の背中をつついた。

「あ、勝手に入られては困ります」

「すまんな。訪いを入れたが誰もおらぬので、仕方がなかったのだ」

「あの爺さん、また植木にかまけておるな」

下男のことを言ったのだろうが、慎吾は知らぬ顔をした。

「道場主は、金森一斎殿だな」

「はい」

「うむ。拾い物を届けに参った。済まぬが呼んでくれぬか」

慎吾がさらしに巻いた刀を持っているのを見て、門人が頷いた。

「はい、ただいま」

「ああ、よい。上座におられる御仁だな」

呼びに行こうとするのを引き止め、ずかずかと奥に歩んだ。

慎吾の行動に圧倒されたか、金森は動揺して、目をそらした。異変に気づいた師範代が、相手をしていた門人に手を上げて動きを止めた。

「やめい！」

轟然《ごうぜん》たる声に、道場が静まり返った。各々が相手と礼を交わし、上座に注目した。

慎吾は、礼をして道場に足を踏み入れると、上座の金森と対面して座り、鋭い目を向けた。

「無礼をお許し願いたい」

「何ごとかな」

金森が目を泳がせ、弱々しく訊いた。

慎吾は目を合わせてくるのを待ち、不敵な笑みを浮かべた。金森は、慌てて目をそらした。

慎吾は、さらしに包まれた刀を前に置き、

「だいじな話がござるが、稽古の邪魔をするつもりはござらぬゆえ、続けていただいてもかまいませぬが」

目顔で威圧した。

喉を鳴らすほど唾を飲み込んだ金森が、師範代に顔を向けて、稽古を続けるよう促した。

「はじめ！」

気合声と木太刀がかち合う音が響く中、慎吾は金森に近づき、耳元でささやいた。

途端に顔色を青くした金森が、慎吾が持っているさらし巻きに目を向けた。

「確かに、我が道場に乕徹はある」

「これではござらんか」

「いや、今も宝物庫にしまってある。おぬしを襲った刀は、別物だ」

慎吾は、疑いの目を向けた。

「本当に、宝物庫にあるのですか」

「妙な言いがかりはよせ。知らぬものは知らぬ」

「そうですか」

慎吾が刀を持とうとすると、金森が止めた。

「せっかくの乕徹だ。よければ、見せていただけぬか」

「どうぞ」

金森は懐紙を口にくわえて、刀のさらしを解いた。

ゆっくり刃を返し、念入りに見入っている。慎吾に向けた目に殺気を帯びたが、気に押されて、瞬時に消えた。

引きつった笑みを浮かべた金森は、慎吾に刀を返した。

「大した刀だ。よろしければ、三百両で譲ってもらえぬか」

「ほう、本物かどうかも分からぬものに、三百両も出されるか。それとも、本物だとご存知なのかな」

慎吾に突っ込まれて、金森は動揺した。

「み、見れば分かる」

「目利きでも茎の銘を見るまでは判断できぬものを、刀身を見ただけで分かるはずはござるまい」

「無礼な。分かるものは分かる。売るのか、売らぬのか」

「それがしの命を狙った辻斬りが持っていたもの。売り飛ばしてもかまわぬが、それでは気が済みませんのでな。おたくの刀でないのなら、あれなる庭の石を貸していただきたい」

「石じゃと？」

慎吾が指差す石を見て、金森は首を傾げた。

「よろしいが、何に使うのだ」

慎吾は答えずに、帋徹を持って立ち上がると、庭に下りて石の前に行った。日の光に刀身を輝かせる帋徹を正眼に構え、大きく振り上げた。

「おい！　何をする！」

悲鳴じみた声をあげる金森に顔を向け、不敵な笑みを浮かべた。

「にっくき刀ゆえ、へし折ってやろうかと思いましてな」

「なな、何じゃと」

「どうしたのです、そんなに慌てて」

「帋徹だぞ。本当に、折るのか」

「大名道具と云われた逸品でも、それがしにとっては不吉な刀。折って悪い念を吹き飛ばしてやりますよ」

手に力を入れて振り上げると、

「待て！　待ってくれ」

金森が庭に下りてきた。

「帋徹を折るなど考えられぬ。どうじゃ、わしが五百、いや、七百両で買い取ろう」

　七百両とは、慎吾が生涯働いても稼げぬ大金。刀を下ろすと、金森が安堵《あんど》のため息をついた。

「金はいらぬ」

「何と？」

「何故おれを襲ったのか、理由を聞かせてもらおうか」

「……な、何を言っておるのだ」

「馬鹿にしてもらっちゃぁ困るな、金森さんよ。右手が利かなくなっていることは、こちとらお見通しだぜ」

「し、知らん」

　金森が右手の袖を伸ばして、さらしを巻いた手首を隠した。

「そうかい」

　慎吾は厗徹を振り上げた。

「おい……」

「素直に白状したら、襲ったことには目を瞑り、席徹も置いて帰るがどうだ」

金森は口を引き締め、下を向いた。

「おぉう！」

気合を吐いて、席徹を打ち下ろさんと背伸びをした。

「待て！」

石に当たる寸前に席徹をぴたりと止めると、金森は目を見開き、気が抜けたように尻餅《しりもち》をついた。

「分かった、全て話す」

金森は、坂町に頼まれたと白状した。

「道場を開くときに多大な恩をちょうだいしているため、断れなかったのだ」

「恩を返すために人を斬ることを請け負うなんざ、外道《げどう》がすることだぜ」

「済まぬ。罰は受けよう。しかし、席徹だけは返してくれ。父の形見なのだ」

「ふん」

慎吾は、席徹をくるりと回して、柄を向けて返してやった。

「約束だ。おれを襲ったことは胸に畳んでやる。そのかわり、おれが知ったことを、坂町には黙っていろ。いいな」

「分かり、申した。かたじけのうござる」

「おう。邪魔したな」

慎吾が背を返して道場の出口へ向かうと、師範代が出てきた。

「先生、何があったのです」

「何もない」

「しかし……」

「夏木殿か……北町には、あのように気持ちの良いお方がおられるのだなぁ」

金森は目を細めて笑みを浮かべると、深々と頭をさげた。

三

慎吾は、作彦を連れて白魚《しらうお》屋敷まで足を運ぶと、白魚橋の袂に出ている屋台で鯖ずしを買った。

奉行の奥方様と静香の土産分は別にして、包みを一つとり、残りを作彦にやった。

「今の屋台で売る鯖ずしは美味いらしいぞ。食べてみな」

「では、遠慮なく」

柿の葉に包まれたすしを開けた作彦が、嬉《うれ》しそうに一口食べた。

「うぅん、鯖の臭みもなく、塩加減がなんともいい味ですね。こんなに美味いすしは、食ったことがねえですよ」

「そうかい。そりゃよかった。屋台のあるじは紀州の出だ。本場の味というわけだな」

「なるほど。美味いはずだ」

「柿の葉ずしというそうだぜ」

「さようですか」

五つをぺろりと平らげた作彦が、幸せそうな顔で腹を擦《さす》っている。

奉行所に戻ると、奥方様と静香への土産を作彦に届けさせ、慎吾は詰所に入った。

「ただいま戻りました」

「おう、やっと帰ってきたな慎吾」

待ち構えていたらしく、田所に手招きされた。ついて参れと言われて、一息つく間もなく田所の後を追って詰所から出ると、与力の松島宗雄《むねお》の部屋を訪ねた。

「松島様、夏木が戻りました。さ、子細をお話しせい」

「はは……」

頭を下げた慎吾が、

「……何のことで？」

呆けたような顔を上げると、田所が顔をしかめた。

「ばか、西原屋のことに決まっておろうが」

「ええ？　まだお話ししていないのですか」

「大まかにはしておる。今分かっていることを御報告せよと申しておるのだ」

「ああ、分かりました」

慎吾はあらためて、難しい顔で文机に向かう松島に頭をさげた。

「ちこう寄れ」

「はは」

慎吾はおずおずと足を運び、文机の前に座ると、これまで分かっていることを報告した。

「うむ、あい分かった。人相書きがあるのなら、探し出すのは手間がかかるまい」

「はい。それと、一つお尋ねしたいことが」

「申してみよ」

「南町奉行所与力の、坂町近忠様をご存知でしょうか」

「知っておるが、坂町がどうした」

「どうも、西原屋の件に絡んでおられるのではないかと」

「何故そう思う」

「探索をしておりましたら、影がちらほらとするものですから」

慎吾は、坂町の命による闇討ちを受けたことはいわなかった。煮えきらぬ言い方をするものだから、松島は訝しげな顔をした。

「どのような影だ」

「そいつを、これから調べとうございますが、よろしいでしょうか」

「むろん、遠慮は無用じゃ。ただし、確たる証しを立てるまで、気づかれぬよう慎重にになな」

「はは」

「うむ」

応じた松島は、話題を変えた。

「ところで、夏木。今宵のことは覚えておろうな」

言われて、慎吾は思い出した。今夜は、与力の屋敷に招かれていたのだ。

「はい、もちろん覚えております」

「探索が気になろうが、うちの奴が楽しみにしておるのでな」

「必ず、お伺いいたします」

話を聞いていた田所が、何のことだと詮索するような顔をしている。

「夏木を夕餉に誘っておるのだ」

松島に言われて、

「あぁ、なぁるほど」

田所は納得したように頷いた。

「おぬしも来るか」

普段なら誘われて断る田所ではないが、やぼはなし、とでもいうように手をひらひらと振り、

「せっかくのお誘いを断るのは心苦しいのですが、今夜は先約がございまして、申しわけございません」

大仰に言うと、松島と目顔で笑い合った。

慎吾は気付いたが、深くは考えなかった。

詰所に戻って書き物をしながら刻限を待ち、松島とともに奉行所を出た。松平越中守上屋敷の門前を横切り、岡崎町にある松島の屋敷に入った。敷地は三百坪

もあり、北町奉行所与力の中でも上位に入る広さがある。

与力の家には大名家や大店からの付届けが多いということもあるが、松島家は家康公の時代から続く名門。成金の坂町など足元にも及ばぬ御家だが、別宅を持つでもなく、質素倹約を心がけている。

ゆえに、奉行からも頼りにされ、同心たちからの信頼も厚い。

「さ、一杯やれ」

「はは」

両手で酌を受けると、盃を口に運んだ。

石灯籠に灯《とも》された蠟燭の灯りが、手入れが行き届いた庭の中で揺らめいている。

二人は何を話すでもなく、静かに盃を交わした。互いに緊張して会話が弾まぬのではなく、松島という男が、静かに酒を呑むのを好むのだ。

ともにいて気が重くなるかというと、そうではない。むしろ気が休まり、酒が実に美味い。だが、松島と静かに呑むのは、せいぜい二つ目の銚子を空にするまでの間。

「おい、慎吾、今日はゆっくりしていけや。な、分かったか」

突然大きな声を発した松島の目は、とろんとすわっていた。あるじの声を合図とばかりに、廊下に足音が近づき、渋い灰色の着物を着た奥方が現れた。

「はい、おまちどうさま」

漆《うるし》塗りの膳をまずはあるじの前に置き、続いて入って来た娘の和音《かずね》が、慎吾の前に置いた。

「和音、おい和音。慎吾に酌をいたせ」

「あなた。言わなくてもしますから」

「そうか、そうであったな。ではわしにもひとつ」

「はいはい」

奉行所にいる松島からは思いもつかぬ甘えようであるが、自宅で酒に酔った時だけこうなる。

奥方が菩薩《ぼさつ》様のような人であるからだと、前に田所が言っていたが、実は、松島が醜態を見せるのは、田所と慎吾の前だけだということを、二人は知らない。

妻菊江《きくえ》と娘の和音は知っているので、慎吾と楽しげに酒を呑む松島の姿を、微笑ましく見ていた。

「いやぁ、慎吾と酒を呑むのは、実に楽しい。なぁ、菊江」

「はい」

「毎日、こうであるとよいな。な、そう思うだろう」

「うふふ、そうですね、あなた」

「おい、慎吾、呑んでるか」

「はい、いただいております」

「なんだ、かしこまった言い方をしおって。ここを我が家と思えと、常々言うておろうが。呑みようが足りぬな。和音、もっと酌をしてやりなさい」

「慎吾様、ごめんなさいね」

もの言いのしとやかな和音は、今年十八歳になる。美しいとはいえぬが、色白で、ほんわかとやわらかい顔をしている。母親ゆずりの穏やかな性格をしていて、普段は厳格な父の崩れようを、楽しんでいるように思えた。

酌をしながら慎吾と言葉を交わす娘の姿を、松島が満足げに見ている。密かに菊江と目を合わせたのを、若い二人は知らない。

「お酒を持ってきますね」

和音が空の銚子を持ち、部屋から出ていった。それを待っていたかのように、夫婦が頷き合い、松島が目を向けた。

「のう、慎吾。どうだ、我が家に婿にきてくれぬか」

「はい……ええ!」

「今、はいと申したな」

「いや、それはその、話の流れでつい」

「流れに乗って、婿にこい」

「しかし、その、夏木の家を継がねばなりませぬので」

「三十俵《びょう》二人扶持《ぶち》の暮らしなど、どうでもよいではないか」

「あなた」

菊江に諫《いさ》められ、

「いや、これはすまぬ」

松島は素直に頭を下げた。

「同心ではなく、与力を継いだ方がお前のためにもなる。周吾殿も、あの世で喜んでくれると思うがな」

「はあ」

「来てくれるか」

「祖父には、育ててもらった恩がありますので」

「夏木家ならば、お前たちの子に継がせればよいではないか」

「こ、子供……」

気の早い言葉に、慎吾は動揺した。和音の顔と、利円……が描いた枕絵が目に浮かび、里乃の体までもが目の前に現れ、頭がぐるぐる回りだした。

「おまちどうさま」

間が悪いところに和音が銚子を持って戻った。またもや枕絵が目に浮かび、和音を見ぬようにしているところへ、

「和音、おまえも慎吾様に入れていただきなさい」

などと菊江が言うものだから、慎吾はついに、ひっくりかえった。

四

「うははは」

「ばかやろ、笑いすぎだ……」

五六蔵が、伝吉の頭をぽかりと叩いた。

「……旦那はな、おめえと違って初心《うぶ》なんだから、無理ねえだろ」

かく言う五六蔵も、目に涙を浮かべている。

「だって親分、お酌をしてもらえと言ったのを、あっちの方と勘違いしてひっくりかえったなんて、いくらなんでも酷すぎますぜ。そうだ、おいらが岡場所へ案内しやしょうか」

「黙れと言ってるんだよ……」

五六蔵が伝吉の口を押さえた。

「……へへ、旦那、伝吉が言うことはともかく、あっしは良い縁談だと思いますがね」

うんうん、と相槌《あいづち》をうった伝吉が、口から手をはがして身を乗り出した。

「そうですよ、旦那。和音お嬢様は、そりゃあ美人じゃござんせんがね。なんかこう、男心を引きつけるというか、ああ、あの胸に抱きつきたい、てな風に思っちまうんですよねぇ」

「そうそう。うちのとは違って、菩薩様みてえだからなぁ」

「誰と違ってるですって？　おまえさん」

「何でもねえよ」

五六蔵がべろを出して、首をひっこめた。

苦笑いを浮かべた慎吾は、出してくれた湯飲みを持ち、茶の湯気を眺めた。

「あら旦那、悩んでるんですか」

千鶴が覗き込むように訊いてきた。

「悩んじゃいねえさ。そもそも、与力と同心じゃ、格が違いすぎらぁ」

「かぁ、欲がねえからなぁ旦那は。おいらだったら、二つ返事で受けますぜ」

「伝吉、だからおめえは、ばかだと言うんだ」

「どうしてです、親分」

「考えてもみろ、ええ、同心の旦那が格上の家に婿に入ったら、女房殿に生涯頭があがらねえんだぞ」

「女将さんならともかく、お嬢様ならそんなことはねえでしょう」

「ちょいと、言ってくれるじゃないの伝吉。あたしがいつ親分を尻に敷いたのさ」

「いって女将さん……」

「おめえは黙ってろい！　ほれ、とっととお百合ちゃんのところに行け」

またぽかりと叩かれて、伝吉は、すんませんと言って、三島屋に向かった。

「まあ、和音殿には、おれなんかより相応《ふさわ》しいお方がおろう。与力のお勤めは、性分に合わんしな」

「そんなこと言って、少しは欲を張らないと駄目ですよ、旦那」

呆れた千鶴が、そこが旦那のいいところですけどねぇ。と言いながら、宿の仕事に戻って行った。

「おれのことよりな、とっつぁんに頼みたいことがある」

「へい」

探索のことだと察した五六蔵が、表情を厳しくした。

「西原屋のことを調べてくれ」

「旦那、そりゃいったいどういうことで」

「黙っていたが、前に持っていた刀な、あれは、闇討ちをされた時に、相手から奪ったものだ」

息を呑む五六蔵に、背後に坂町の影があることを告げると、見る間に顔から血の気が引いた。

「旦那、こいつはどうも、厄介《やっかい》なことになりそうですね」

「松島様には許しをいただいている。今ごろは、御奉行の耳にも入っているだろうが、くれぐれも、内密にな」

「では、あっし一人で動きやす」

「そうしてくれるとありがたい」

「人相書きの男のことですが」

「何か分かったか」

「どうにも、手がかりがねえんで。今思ったんですがね、南町の与力が絡んでいるとなると、お武家ではないですかね」

「うぅむ。お百合の話を聞いて、てっきり町人だと思っていたが、とんだ思い違いだったかもな。西原屋を調べりゃ、何か出てくるかもしれぬな」

「お武家だと、自身番の連中が知らねえのも納得がいきますね」

「西原屋と、武家に目を向けてみるか」

「がってんだ」

「清太郎の葬式はいつだ」

「二日後が通夜だそうです」

「土に埋められるまでには、下手人を捕まえてやりてえなぁ」

慎吾が言った時、表から伝吉が駆け込んできた。

「親分、てぇへんだ」

「どうした」

「お百合ちゃんが、いなくなっちまった」

「何だと！」

遅れて入ってきた松次郎が、頭から突っ込むようにして地べたに這《は》いつくばった。

「おい松、おめえがついていながらどういうことだ」

「日が昇る前から店の表を見張っていたんですが、夜中のうちに抜け出していたようで、家の者が起きたらいなかったそうです」

「今の今まで気づかなかったのか」

「床《とこ》に細工がしてあって、寝ているもんだと思い込んでいたそうです」

「まずいぞ、とっつぁん。手分けして探そう」

「旦那、江戸は広い。この人数じゃ的をしぼらねえと」

「考えろ、お百合が行きそうなところは何処だ」

考えてみたらお百合のことを何ひとつ分かっちゃいない。頭を捻《ひね》ったところで、何も出やしなかった。

「お百合は清太郎を喪って哀しんでいる。こういう時、女ってのはどうするんだ」

慎吾が訊くと、五六蔵が伝吉を見た。

「おい、おめえ女心が分かるんだろう。行きそうなところは何処だ」

「そりゃ親分、清太郎のところに決まってますよ」

「西原屋か」

「よし、行ってみよう」

「まったく男ってのは、これだからねぇ……」

慎吾が先頭に立って表に出ようとしたところへ、千鶴が出て来て口を挟んだ。

「……あたしだったら、生きてる清太郎さんに会いに行きますよ」

「女将、そりゃどういうことだ」

「楽しい思い出がいっぱい詰まったところに行って、ここに生きてるひとと話をするんです」

千鶴は胸に手を当てて、目を閉じた。

慎吾と五六蔵は、顔を見合わせた。

「大川だ」

同時に言い、慎吾は浜やを飛び出した。お百合が身投げをしやすまいかと案じたのだ。

「ちょいと、どいてくれ」

大勢の人で賑わう永代寺門前を駆け抜け、永代橋の袂を横切って川上に走った。

五六蔵と松次郎はとうに息を切らして脱落し、後ろにぴたりと付いてくるのは伝吉と作彦だけだ。

「伝吉、先に行け」

ぜいぜいと息を切らせながら言うと、伝吉が涼しげな顔で追い越していく。

「大きな、平らな岩があるところだ。分かるな」

「任してくださいよ」

ぐんぐん足を速め、見る間に遠くなっていく。

深川佐賀町の下之橋を越え、中之橋を渡って、上之橋の手前で大川の河岸に降りたところに、平らな岩がある。

大昔に、深川一帯が葦原《あしはら》だったころの名残だが、治水工事の際に、あまりに大きすぎてどうにもならず、そのまま残されたといわれる岩だ。

大川の流れを分ける中洲があり、対岸に並ぶ武家屋敷のたたずまいが景色を美しく見せるので、若い二人にとっては格好の逢引《あいびき》の場であったのだ。

慎吾は、柳の木の下に座る伝吉に追いついた。

「いたか」

伝吉は答えずに、こくりと頷いた。

哀しげな顔を向けた先に、お百合がいた。岩の上にしゃがみ、川の流れを見つめている。

「今にも身投げしそうじゃねえか」

慎吾は河岸を降りた。咄嗟に身投げされぬように、そっと近づいた。

「今日は、いい天気になりそうだな」

手が届くところに並んで座ると、石を放り投げた。緩やかな流れの川面に飛沫《しぶき》が立ち、波紋が広がった。

「清太郎とは、会えたかい」

慎吾が見ると、目を丸くしていたお百合が、大粒の涙を落として頷いた。

さすがは女将だと胸の中で思いながら、慎吾は笑みを浮かべた。

「そいつは良かったなぁ」

「あのひとったら、あたしがそっちに行きたいと願っても、許してくれないんです」

岩の上から何度か身を投げようとしたが、川面に清太郎が現れ、首を横に振るのだという。

「そりゃそうさ。男ってのは、好いた女にゃ幸せになって欲しいと願うもんだ」

「生きてるほうが、辛いと思っても？」

「だからって、死んだら幸せになれるとは、かぎらねえだろ」

「…………」

「清太郎が止めるのは、お百合ちゃんには、生きて幸せになって欲しいと思ってるからだ。その気持ちを、分かってやらないとな。さ、帰ろうか。家族が心配してるぞ」

お百合を連れて通りに上がろうとしたとき、突然立ち止まった。

「どうした」

「います。下手人が」

お百合は目を階段に向けて、顔を強張らせている。

慎吾は悟られぬように、川に目を向けた。

「何処だ」

「上之橋の上です」

「よし、向こうを見ずにな、通りに上がろうか」

何気ない仕草で、二人は通りに上がった。

「旦那……」

「とっつぁんはまだか」

「ええ、何してるんですかね」

「伝吉、上之橋に人相書きの男がいる。見るんじゃねえ」

「へい」

「そっと近づいて、ひっ捕らえろ」

「がってんだ」

伝吉は十手を懐《ふところ》の中にしまい、通りがかったおなごに馴れ馴れしく声をかけると、訝るのもかまわず、昼餉を誘いながら橋に歩んで行った。

人相書きの男はお百合ばかりを見ているので、伝吉のことなど目に入っていないようだった。慎吾が話しかけるのを見ているのが、離れていても分かる。

おなごの肩を抱くようにして橋にさしかかった伝吉が、横に行くや、わっと飛びかかった。

「お上の御用だ。ちょいと来てもらおうか」

ぎょっとする男は腕を振り払って逃げようとしたが、伝吉の十手で腹を打たれ、呻いて膝をついた。

突然の出来事にぎょっとしているおなごに、

「すまねえ、今度昼飯をおごるから」

ちゃっかり唾をつけて、橋を降りてきた。

この時になって、ようやく五六蔵と松次郎がやって来た。気を利かせて、三島屋宗五郎を呼びに行っていたらしく、連れて来ていた。

「ちょうどいい。三島屋、お百合を連れて帰りな」

付きまといの男と合わせまいと、慎吾は急がせた。

だが、ずっと怒りを堪えていたお百合が、止める間もなく、伝吉が捕まえた男の前に走り出た。

「清太郎さんを返して。返して！」

大声を張り上げて泣き崩れるお百合を、男は悲しげな目で見下ろした。

「お百合、その人は下手人じゃないよ……」

背後の声に慎吾が振り向くと、宗五郎が焦りの表情を浮かべていた。

「……人相書きを見てもしやと思っていたが、平作《へいさく》、やはりおまえ、戻っていたのだね」

平作と呼ばれた男は、おろおろと目を合わせぬようにして、頭を下げた。

「何だ、知り合いか」

慎吾が訊くと、宗五郎は申しわけなさそうに、深々と頭を下げた。

「お百合に、深い縁《ゆかり》がある者にございます」

「こいつはどうも、ややこしくなってきやがったな」

慎吾は十手を抜いて、肩を叩いた。

第四章　白いもの

一

　慎吾は、伝吉にお百合を送らせて、平作を連れて佐賀町の自身番にやって来た。

　三島屋と二人座敷に上げると、並べて座らせた。

「聞かせてもらおうか。おまえさんなぜ、お百合に付きまとっている」

「へい……」

　平作は返事をしたが、畳を見つめて黙り込んだ。

「三島屋、この男がお百合に縁があると言ったが、どういうことだ」

「それは、その……」

　三島屋は、先ほどの咄嗟の失言を悔いるように表情を曇らせ、うつむいた。

「いいか、お百合はな、平作が自分に付きまとい、清太郎を殺したと言ってるんだ。平作、おめえいい歳して、てめえ勝手にお百合のことを想い、邪魔な清太郎を殺して、お百合を自分のものにしようとしたんだろう」

「違います。私は殺してなどいません」

「だったら、なぜ付きまとった」

「そ、それは……」

「このまま大番屋に連れて行ってもいいんだぜ」

「そんな。お待ちください。平作は決してそのようなことはいたしません」

三島屋が尻を浮かせて、平作をかばった。

「ほぉう。だったら身の潔白を明かしてみろ」

「はい……」

三島屋は、観念したように、ため息をついた。

「……分かりました。全てを、お話しします」

「旦那様」

「いいんだよ、平作。近いうちに、お百合にも話そうと思っていたのだから」

平作は膝の上に置いた拳《こぶし》を握り締め、口元を引き締めた。

「この者は以前、てまえどもの店で働いていたのでございます」

三島屋は、まっすぐな目を慎吾に向けて、ゆっくりと話しはじめた。

二十三年も前になる。

三島屋で手代をしていた平作は、下女のおみちと恋仲になり、密かに睦んでいた。

若い二人が恋仲になったのだ。正直にあるじに打ち明けて、所帯をもたせてもらえば済むことだが、簡単にはいかない事情があった。三島屋は、店の者同士が恋仲になることを厳しく禁じていたのだ。

禁じられた恋をする二人は、人目をはばかって会うたびに想い合う気持ちが強くなり、深く結ばれるようになった。若い男女が結ばれるのだ。一年もたたぬうちに、おみちの腹に、子ができてしまった。そんな時、平作が番頭に出世する話が持ち上がった。せっかくの話が駄目になり、店を追い出されることを恐れたおみちは、平作を想うあまり、子ができたことを黙っていた。だが、腹が大きくなるのを隠しとおせるはずもなく、店の者に知られ、宗五郎に問い詰められた。

「相手の名前を正直に言えば、おまえと子供だけは、面倒をみてやるよ」

宗五郎が説得したが、おみちは頑《かたく》なに拒んだ。

店の者の噂を聞いた平作は、おみちが追い出されると思い、その日のうちに置手紙をして、姿を消したのだ。

話を聞いた慎吾は、五六蔵と目を見合わせた。

「それじゃその、つまりあれか。平作が、お百合の父親ってことか」

「はい」

「何で三島屋の娘になってるんだ。おまえさんの女房が、おみちか?」

「いえ、おみちは、お百合を産むとすぐに、死んでしまいました。てまえども夫婦は子宝に恵まれなかったものですから、我が子として、育てることにしたのでございます」

「平作、おまえさんは、そのことを知ってて、陰から見ていたのか」

「はい。上方《かみがた》に逃げた私は、生涯会うつもりはなかったんですが、生きているうちに一目会いたくて、会いたくて……罰当たりを承知で、江戸に舞い戻ったのでございます」

宗五郎に向けて頭を下げた平作が、肩を震わせた。

「謝らないといけないのは、私の方だ。厳しくしたばかりに、お前たちの幸せを奪ってしまったのだから。さ、顔を上げておくれ」

肩を摑んだ宗五郎が、平作の痩《や》せ細りように目を瞠った。

「平作、生きているうちにって、どういうことだい」

「………」

「どこか、具合でも悪いのかい」

平作は黙って頭を下げ、これまでの勝手を詫びるばかりだった。

「平作、すまねえが、体をあらためる。褌一丁になってくれ」

慎吾に言われて、平作は何でそんなことを、と言いたそうに顔を上げたが、素直に従った。叩けば埃《ほこり》が立ちそうな着物を脱ぎ、褌姿になった。

あまりの痩せ細りように、三島屋が驚きの声をあげた。

慎吾は気をつけて見たが、体の何処にも、引っかいたような傷痕はなかった。清太郎の爪に残っていた人の皮は、平作のものではないということだ。

「よし、いいぜ。寒いのに悪かったな」

「へ、へい」

腑に落ちぬ様子で応じると、平作は着物を着て、三島屋の隣へ座りなおした。

「おまえさんが下手人じゃねえことは分かった。帰ってもいいぜと言いたいところだが、その体を見ちまった以上は、ほっとけねえな。住まいはあるのかい」

「いいえ、うち捨てられた屋形舟で、寝泊りしております」

「この寒いのに、舟で寝ているのか」

「はい」

「どおりで、番屋の連中に人相書きを見せても知らねぇはずだ。何処かあったけえ所を探さないと、その体じゃもたねえぞ」

三島屋が、心配そうな顔を向けた。

「平作、梅屋敷近くの寮は覚えているね」

「はい」

「そこを使うといい」

「旦那様……」

「長年苦労をさせたのだ。それぐらいのことはさせておくれ」

「ありがとうございます。ありがとう……」

泣き崩れる平作を見下ろしながら、慎吾は矢立てを取り出し、小さな帳面に筆を走らせた。霊岸島川口町の医者、国元華山の名前を書いた紙を千切ると、そっと三島屋に握らせた。

二

「何？　では人相書きは、無駄であったと申すか」

「調べが足りませんでした」

田所の前で、慎吾は小さくなった。

「まあ、そういう事情なら、仕方あるまい」

用済みとばかりに人相書きを畳んだ。文机に置かれた湯飲みを両手で包み、田所が顔を上げた。

「許婚を殺され、親が真の親じゃないと知らされた娘の気持ちを思うと、気が滅入るな」

「お百合には、本当のことは告げていません」

「そうか」

「はい。自身番には連れて行きませんでしたし、宗五郎の幼なじみだということになっています」

「まあ、今となっては、とてもじゃないが言えんだろうな。して、これからどうするつもりだ」

「三島屋の寮に住まわせるようです」

「平作のことではない。下手人の探索のことだ」

「すでに、別の筋を調べさせています」

慎吾は、西原屋と坂町の関わりを探っていることを告げた。

「うむ、松島様から聞いておる。一人で大丈夫か」

「はぁ……」

詰所の中は、慎吾と田所だけだ。昨日の夜中、さる大店に押し込みが入り、早々に捕らえよとの奉行の命を受け、重罪を扱っている慎吾を除いて、みな出払っている。

「……五六蔵がおりますので」

「そうか。では、わしも押し込みの探索に出る」

刀を持って出かけようとした田所が、思い出したように背を返した。

「小耳に挟んだのだが、西原屋の女房は、若い頃は浅草あたりで有名な芸者であったそうだぞ」

「田所様、それを何処で？」

「まあ、いろいろとな」

言葉を濁す田所は、むかし、上野と浅草あたりの見廻りを受け持っていた。若い頃は女遊びが酷かったことを、亡き祖父から聞いていた慎吾は、口元に笑みを浮かべて、頭を下げた。

「貴重なお言葉をいただきました」

「うむ。ではの」

田所は手を上げて、詰所から出ていった。

慎吾は急須に残った茶を自分の湯飲みに足して、中で舞う茶の葉を見つめた。

「芸者を身請けして、後妻にしたってことか……」

独りごち、巻き羽織の袖に手を入れて腕組みをすると、首を傾げた。

「……芸者と与力か。何とも危なげな話だ」

考えをめぐらせながら茶を飲むと、十手をねじ込んだ帯をぱんと叩いて、奉行所からでかけた。

浜やへ行くと、

「旦那、ちょうどようございました。奥へ参りましょう」

伝吉を奉行所に走らせようとしていたらしく、五六蔵が奥に案内した。

浜やはいつにもなく泊り客が一杯で、女将や女中たちは大忙しで働いている。わらじを脱ぐ客の頭に刀の鞘《さや》が当たらぬよう気をつけて、慎吾は五六蔵と奥に向かった。

部屋の隅では、又介が背を向けて、うずくまるようにして楊枝をこしらえている。

「精が出るな、又介」

慎吾が声をかけると、へい、と答えた又介が、薄笑いで愛想をすると、すぐに仕事に戻った。こうしていても話だけは聞いていて、探索に有利な意見を出すのが又介という男だ。

かりかりと楊枝を削る背を見ながら、慎吾は上座に座った。五六蔵が自分の居場所である長火鉢の前に座り、伝吉と松次郎が廊下を背にして座った。

「何か分かったか」

「へえ、とんでもねえことが」

「西原屋の女房が、元芸者あがりってことか」

慎吾が言うと、五六蔵が伝吉たちと顔を見合わせた。

「ご存知でしたか」

「田所さんから聞いたのだ」

「では、清太郎と次男の次助が、腹違いの兄弟だってことは」

「そいつは初耳だ」

「次男は、後妻のおたみと西原屋の子だそうで」

五六蔵の目の輝きを見て、慎吾は薄笑いを浮かべた。

「……とっつぁん。何が言いたいんだ」

「旦那が今思われていることと、同じかと。西原屋は五十年続く大店。蔵には、万両の小判がうなっているとの噂で」

「跡継争いが、あるか」

「おそらく」

五六蔵は真顔で答えた。

「あっしの調べでも、兄弟仲は良くなかったようです」

松次郎が言い、伝吉が首を傾げた。

「おいらが聞いたのは真逆で、兄弟は仲が良く、後妻のおたみも、清太郎を可愛がっていたそうですぜ」

「世間体を考えて、清太郎を可愛がっていたんじゃねえか」

松次郎が自分の調べが正しいと言うと、伝吉は不服げな顔をしつつも、口答えはしなかった。聞き込みをした何人かは、やはり兄弟仲が悪く、おたみの評判も悪かったのだ。

跡継争いの臭いを感じた慎吾は、十手を抜いて、肩を叩きながら考えた。

西原屋に争いがあるとして、与力の坂町がどのように関わっているかが問題だ。芸者だったおたみが、以前から坂町と知り合いであることは十分考えられる。蔵に万両の小判が眠っていることを知り、おたみと二人で何かを企んでいるのかもしれぬ。

慎吾は、十手を帯にねじ込み、腕組みをした。

「ここはひとつ、揺さぶりをかけてみるか、とっつぁん」

「ようござんすが、どのように？」

「清太郎に、線香の一本もあげてやらないとな……」

慎吾は手招きして、みなを近くに呼び寄せた。

三

慎吾は作彦とともに、西原屋を訪れた。

五十年続く大店とあって、さすがに弔問客が多く、ひっきりなしに人が出入りしている。

慎吾が店に入ると、客に頭を下げて迎えていた男が、顔を上げるなり驚いたような目を向けて、土間に下りてきた。

「これは八丁堀の旦那。お役目ご苦労様にございます。ごらんのとおり、若旦那の通夜をしているところでございまして、ただいまあるじ四八郎が出て参れませんが、何か、進展がございましたでしょうか」

「うむ、ゆっくりだが、着実に下手人へ近づいているぜ」

「さようでございますか」

男は悲しげな目をしていたが、慎吾の言葉で幾分か表情が明るくなった。

「おまえさんは？」

「申し遅れました。番頭の宗六でございます」

「うむ。すまんが、仏さんに線香をあげさせてもらえぬか」

「これは、もったいのうございます。ささ、お上がりください」

宗六は手代に場を任せて、自ら案内をした。

名の知れた大店だけあり、大きな屋敷だ。磨きぬかれた廊下を歩んで奥に行くと、どの部屋も見事な彫りの、豪華な欄間《らんま》がしつらえてあり、襖、障子にいたるまで、旗本など足元にも及ばぬ大商人の、日々の暮らしの煌《きら》びやかさがうかがえる。

ふと、廊下に煙の棚が流れてまとわりつくと、香の香りがした。

ひそひそと人の話し声がする中、清太郎が眠る座敷にたどりつくと、大店の跡取りにしてはささやかな祭壇が組まれていた。金糸をふんだんに使った布を被せ

られた棺桶《かんおけ》が置かれ、西原屋四八郎が、憔悴《しょうすい》しきった顔をうつむけて座ってい
る。横にいる女が後妻のおたみだろう。芸者をしていただけあって、地味な着物
を着ていても、色香を漂わせている。
　番頭があるじのもとへ行く間、慎吾は、おたみの隣に座る、若い男に目を奪わ
れていた。
　弔問客に混じって廊下に座って様子を窺《うかが》っていると、番頭から慎吾が来ている
ことを告げられた四八郎が、慌てたような顔で立ち上がった。廊下に座る慎吾を
見つけると、軽く頭を下げ、番頭に何かを告げた。
　戻ってきた番頭が、
「どうぞ、奥へ」
　線香をあげてやってくれと、頭を下げた。
　一本の線香に火をつけると、作法に則《のっと》って横にして置いた。
　香がくゆるのを見て、静かに手を合わせた。
　拝み終わると、四八郎が声をかけてきた。

「夏木様、倅のためにわざわざお越しいただき、ありがとうございました。どうぞ、あちらでゆるりと休んでいってください」

別室では通夜の膳が用意してあり、酒も出されている。静かに酒を呑む者たちを横目に、慎吾は姿勢を正した。

「清太郎殿に、葬式までに下手人を挙げられなかったことを詫びました。まことに、申し訳ない」

「そのようなこと、夏木様、どうか、頭をお上げください」

「うむ……」

「下手人は、お百合に付きまとっていた男だと聞いておりますが」

「おたみ、よしなさい」

「どうなのですか」

「ええ」

「分かっているなら、早く捕まえてくださいな」

刺すような言葉を向けられ、慎吾は畳を見つめたまま言った。

「はじめはそう睨んでいたが、とんでもない間違いをしておってな。付きまといの男は、下手人ではなかった」

「さようでしたか？」

四八郎が、数珠《じゅず》の玉を指で触りはじめた。落ち着きのない指の動きを見つめる慎吾は、言おうか言うまいか迷ったが、思い切って口を開いた。

「下手人は、案外、近しいところに潜んでいるのかもしれぬなぁ」

顔を上げると、恐ろしい形相で睨んでいたおたみの顔が、すっと、無表情に変わった。

口角を上げるでもなく下げるでもなく、真一文字に引き結び、能面のように表情が動かない。細く開けられた瞼《まぶた》の奥に見える黒目だけが、生ある者を示すように、鈍い輝きを宿して慎吾を見据えていた。

「近しいと、申されますと」

四八郎が、恐る恐る訊いてきた。

慎吾は答えなかった。おたみの横に座っている若者に、鋭い目を向けた。

「弟の、次助か」

「はい」

まっすぐ見据えると、若者は微かな声で答えて、小さく頷いた。

「そうかい。兄を殺されて、辛いな」

また、小さく頷く。

「ところで、左手と首に巻いているさらしは何だ。怪我でもしたのかい」

「………」

母親に助けを求めたのを、慎吾は見逃さない。

「ちょいと、傷を見せてくれぬか」

慎吾がたたみかけると、次助が目を泳がせ、がたがたと震えだした。

「見て、どうするのです」

おたみが発する声に、背筋がぞくっとした。

「まさか、この子を疑っておられるのですか」

「清太郎の爪に、人の皮が詰まっていたのでな、下手人は、傷を負っていると思われる。清太郎に近しい者に傷を負っている者がいたら、疑いたくもなるってもんだ」

慎吾が見据えると、おたみは目をそらした。すぐに目を戻し、唇を噛んで憎悪をむき出しにした。

「違っていたら、どう落とし前をつけるおつもりです」

「お上のお調べだ。落とし前もくそもねえ」

厳しい目を向けると、おたみが怨めしげに見返した。

「いいでしょう。次助や、さらしを解いて、八丁堀の旦那に見せておあげなさい」

「はい、おかあさま」

いい若い者が、母親の指図がなくては何もできないのか。

慎吾はそんな目を向けて、次助が首のさらしを解くのを見ていた。血が滲むさらしを取ると、油紙のようなものが巻かれている。次助が痛みに顔をゆがめて、ゆっくりとはぎ取った。

首の皮膚はただれ、赤い身がむき出しになっていた。

「火傷《やけど》か」

「はい」

「腕もそうなのか」

次助は黙って頷き、腕も見せた。同じように、火傷を負っている。

「うっかり転んだ拍子に、火鉢にかけていた鉄瓶の湯がかかってしまったのです」

おたみが言い、次助の側《そば》に寄ると、火傷の手当てをした。

慎吾は、周囲の目が厳しくなったのを感じて、指で鼻をかいた。

「これで、疑いは晴れましたでしょうか」

四八郎の声はあくまでも柔らかだが、帰ってくれといわんばかりの顔をしている。

この場に居合わせた親戚縁者らは、ため息をつくなり、空咳《からぜき》をするなりして、あからさまに不快を示した。

次助は下を向き、おたみは、しおらしく涙をぬぐった。

「悪く思わねぇでくれよ。人を疑うのも、おれたち同心の仕事だからな」

慎吾は三人に言い、周囲に愛想笑いをした。

「そう怖い顔をしなさんな。下手人は必ず捕まえるから、な。探索があるので、これで失礼するぜ」

清太郎にもう一度手を合わせて、慎吾は立ち上がった。

弔問客の間を抜けて廊下に出ようとした時、女の悲鳴がして、陶器が割れる音がした。

「何だ、どうした！」

慎吾が廊下に出ると、徳利や料理の皿をぶちまけて、女中が尻餅をついていた。近くの者が寄って、起こしてやろうとしたが、腰が抜けたらしく、立ち上がれない。

「いったいどうしたんだい」

「で、出たんです」

起こそうとした者が声をかけると、女中は声を震わせた。

「出たって、何が出たんだ」

慎吾が訊くと、脅《おび》えた目を上げた女中が、

「わ、若旦那様が、あそこに」

庭の隅を指差した。まさに今、白装束に身を包んで棺桶に眠る清太郎が、庭の隅の、松の木の下に立ち、己の通夜が行われている部屋を、じっと見つめていたという。

「じょ、冗談もほどほどにおし！」

怒鳴ったのは、おたみだ。この世に幽霊なんかいるわけないと断言し、女中に片付けを命じると、騒ぎを治めることに躍起になった。

慎吾はふたたび清太郎の棺桶の前に座り、

「清太郎、可愛い許婚を泣かすようなことになっちまったんだ。悔しい気持ちは分かる。必ず下手人を挙げて罪を償わせるからよ、安らかに眠るんだぜ。下手人が正直に出てくれりゃぁ、おめえさんも浮かばれるんだろうがなぁ」

大声をあげて、念仏を唱えた。

「旦那も、人が悪いや。仏さんを前にして幽霊騒ぎを起こさせるなんざ、誰も思いつきませんぜ」

浜やに帰った伝吉が、女将に練り白粉を落としてもらっている。白装束は縁起が悪いというので、帰る早々に脱ぎ捨て、肩から自分の着物を羽織っていた。

「はい、終わったよ。風呂が空いてるから、入ってもいいよ」

「それじゃ、遠慮なく。旦那、ちょいと失礼します」

「おう、ご苦労だったな」

化粧道具を片付ける千鶴は、ちょいと機嫌が悪い。幽霊にされた清太郎が可哀相だと、へそを曲げているのだ。

五六蔵が女房にちらりと目をやり、慎吾に訊いた。

「旦那、何か見えましたか」

「うむ、気にいらねえな」

「と、申しやすと」

「四八郎のやつ、幽霊の騒ぎが起きた時に、脅えていやがった。死んだ自分の息子が出てきたと聞きゃぁ、一目会いたいと思うのが親じゃねえのか」

「あっしは、子がいねえのでよく分かりませんが。まあ、確かに、死んだ親父《おやじ》やおっかさんが出てきたら、話がしたいと思いますがね。親でもそう思うのだから、子となると、会いたいと思う気持ちが強いでしょうね」

「だが、四八郎は恐れやがった。倅に対して、うしろめたい気持ちがあるからに違いねえ」

「では、下手人は四八郎だと」

「いや、もっと気にいらねえことがある」

慎吾が不機嫌に言うと、五六蔵と千鶴が顔を見合わせた。

「そいつはいってぇ、何です」

「弟の次助だ。首と左手に火傷を負っていたが、どうも、不自然でな」

「不自然とは?」

「うむ。転んだ拍子に熱湯がかかったと言ったが、焼きを入れたような痕なのだ」

「つまり……」

五六蔵はごくりと喉を鳴らした。

「……清太郎に付けられた引っかき傷を消すために、焼いたと」

「おれはそう睨んだ。跡目を継ぐのに邪魔になった兄を、殺したのかもな」

「だとしたら、許せねえ」

慎吾は鋭い目を、五六蔵に向けた。

「だが、今となっちゃぁ、印がない」

四

「成仏してください。成仏してください。成仏してください」

細々とした灯りの中で、次助は天井を見つめながらつぶやいている。兄清太郎の通夜の晩から三日が過ぎるが、毎夜亡霊に脅えて、一睡もしていない。

伝吉が化けた清太郎の亡霊騒ぎは、次助の心には十分すぎるほど響いていたのだ。

枕元には、母親のおたみが自ら足を運んで手に入れた、増上寺の魔除けの札が置いてある。浴衣にも、ありがたいお経の文字が書き込まれていた。

おたみは、念仏のように言葉を続ける次助を気遣い、傍《かたわ》らに付いていたのだが、いまは疲れ果て、ぐったりとうな垂れて眠っている。鬢も乱れ、髪が頬に垂れた姿は、さながら、幽鬼ともいえよう。

異様な光景に目を伏せた四八郎は、そっと、障子を閉じた。

離れから母屋に続く庭をとぼとぼと歩み、ふと、清太郎が立っていたと騒ぎになった松の木を見上げて、ふらふらと近づいた。

「清太郎……」

幹を擦り、愛おしそうに声をかけ、根元に膝をついて手で口を塞ぐと、声を押し殺して嗚咽《おえつ》した。

「許しておくれ、清太郎」

先代から引き継いだ商いも倍にして、順風満帆な日々を送っていた四八郎は、清太郎がお百合を嫁に貰うのを楽しみにしていた。一人前になった倅に店を継がせ、孫と遊びながら余生を過ごす。そんな家族に囲まれた、幸せな日々がくることを疑わなかった。

悪夢は、まるで棚から物が落ちるように、突然はじまったのである。

あの夜、いつもと変わらぬ一日を終えた四八郎は、清太郎と二人で晩酌をした後、床についていた。

真夜中に、肩を揺すられるのに気づいて目を覚ますと、恐ろしい形相をしたおたみがいた。

上半身を起こした四八郎の耳に飛び込んできたのは、信じられぬ言葉だった。

飛び起きるように床から出た四八郎は、清太郎の部屋に向かった。障子を開けると、頭から打掛けをかけられた清太郎が、横たわっていた。

打掛けの裾から出ている足は、まるで木偶《でく》のように、ぴくりとも動かなかった。

部屋には異臭がただよい、畳の一部が濡れていた。

四八郎は、いったい何が起きているのか分からなかった。いや、分かりたくなかったというほうが、正しかろう。混乱のあまり呆然とし、しばらくの間、清太郎の裸足を見つめていたのだ。

膝をつき、震える手を伸ばして打掛けをめくると、月明かりに浮かぶ倅の顔は、目が飛び出んばかりに見開かれ、天井を睨んでいた。

先ほどまで、祝言についての打ち合わせをしながら楽しい酒を酌み交わし、あんなに笑っていた清太郎が、体を揺すろうが、腕をつねろうが、ぴくりとも動かない。

四八郎は、大声を張りあげることも、泣き叫ぶこともできなかった。あまりのことに体が硬直し、息ができなくなったのだ。だが、息苦しさに悶《もだ》えながら、心の奥底で、冷静に物事を考えはじめていた。どうしたら、店を守ることができるかを、考える己がいたのだ。

背中をさすりながら、四八郎が落ち着くのを待っていたおたみが、清太郎は病死したことにしてはどうかと、囁いた。

幸い、店の者は寝静まっていて、誰にも気づかれていない。起きてしまったことは、取り返しがつかないのだと諭されて、四八郎は、首を縦に振った。

店を守る。

倅が死んだというのに、このことだけを、考えるようになっていたのだ。

そして、病死に見せかけるために、清太郎を床に寝かせることにした。月明かりを頼りに床を敷き、清太郎を寝かせたところで、行灯《あんどん》に灯を入れた。

ぼんやりとした灯りに照らされた清太郎を見て、四八郎は思わず、あっと声をあげた。

苦しみにもがくような形相をした清太郎の首には、人の手で絞められた痕が、くっきりと付いていたのだ。口の端からは一筋の血が流れ、かきむしった畳は傷み、指の爪ははがれていた。

あまりの惨《むご》たらしさに、四八郎は愕然とした。

もう、しまいだ。

何もかも失う覚悟をした四八郎は、せめて清太郎の死に顔を綺麗にしてやろうと思い、瞼を閉じ、口の血を拭い、顎を上げて口を閉じてやった。

番屋に届けるべく、店の者を起こしに立ち上がる四八郎の足にしがみ付いたおたみは、家族に起きた不幸なできごとを届け出ることを許さなかった。行灯を吹き消し、清太郎は外で殺されたことにすればいいと、囁いたのだ。

四八郎は、そのようなことができるはずはないと、断った。

しかし、おたみは食い下がった。息子は清太郎だけではない。次助の将来も台無しにするつもりかと。

清太郎は誰かに殺されたことにして、次助に店を継がせればいいではないかという声に、四八郎は反論できなかった。まだ望みはあると、思ったのだ。

月が雲に隠れた暗闇の中で、四八郎は考えた。おたみは、悪知恵を投げかけておきながら、手段を考えることはしなかった。男なのだから、何とかしてみせろというのだ。

寝る前は寒くて夜着にくるまっていたが、気づけば、頭から背中にかけて、ぐっしょりと汗で濡れていた。考えを巡らせる間も、月代からとめどなく汗が流れ落ちる。

　汗を拭いながら、清太郎を見つめた。動かぬ倅を見て、運び出す手立てを考えた。何処かへ運ぶにしても、辻番や自身番の前を通らねばならず、誰かに見られたらおしまいだ。

　うまく外に置いてきたとしても、朝になれば騒ぎになり、奉行所が下手人探しをはじめる。そこまで考えた時、人目に付かなければ、清太郎が死んだことを隠し通せるのではないかと思った。何処かに隠して、失踪したことにすれば、奉行所も本気になって探しはすまい。

　これしか手がないと思った四八郎は、まず、清太郎を床下に埋めることを考えた。屋敷の外に出さなければ、誰の目にも留まることはない。

　おたみに埋めることを告げたが、断固として反対された。店の者が起きる前に埋めることなど、できるはずがないというのだ。

　冷静になってみれば、確かにおたみのいうとおりだ。穴を掘れば、音に気付いて誰かが起きてくるかもしれぬ。

では、どうするか。

ぐずぐずしていると夜が明けてしまう。焦れば焦るほど頭が回らなくなり、諦《あきら》めかけたその時、おたみが落ち着き払った声で一言、川に捨てればいいと言った。

確かに、大川はすぐ海に流れ出るから、底に沈んでしまえば、誰の目にも留まらない。運悪く何処かに引っ掛かったとしても、奉行所は、何処から流れてきたかも分からぬ土左衛門のことを、まともに調べはしないのだ。

これしかないと、四八郎は決意した。

簡単な身支度をして裏口からこっそり運び出すと、西原屋が所有する猪牙舟《ちょきぶね》の縄を解いた。舳先《へさき》に灯りもつけず、息を殺すようにして枝川を進むと、下之橋を潜って大川に出た。

緩やかな流れに逆らうように川の中ほどまで漕《こ》いで行き、清太郎に被せた筵《むしろ》をはぎ取った。最後の別れを惜しみ、体を擦った。葬式も出さずに捨てることを詫び、手を合わせて念仏を唱えると、心を鬼にして、体を掴んだ。

真っ黒な水面《みなも》に落とされた清太郎の体は、しばらく流れに浮いていたが、水を吸った着物の重みで、暗い川底へ沈んでいった。

その清太郎が、川底から手を伸ばしてきて、舟に乗る四八郎にしがみ付いた。しがみ付くや、白く濁った目を開けて、血のように赤い口を開けて笑うと、川に引きずり込もうとする。必死に抗《あらが》ったが、もの凄《すご》い力によって舟から落とされたところで、四八郎は悲鳴をあげて起き上がった。

四八郎は、自分が床の上にいることに気づいて、両手を見つめた。いつのまにか眠っていたらしいが、昨夜、松の木の下からどうやって眠りについたか、まったく思い出せない。

頭の痛みに顔をゆがめる。枕元には膳が置いてあり、無数の徳利が散乱していた。

廊下を駆けて来る足音がして、障子が開けられた。

「旦那様、どうかされましたか」

番頭の宗六が、叫び声がしたと言って、慌てている。

「何でもない。呑みすぎて、悪い夢を見たようだ」

「お疲れなのでございましょう。今日の寄合は、お休みになられますか」

「そうはいかないよ。大事な話があるからね」

「次助おぼっちゃまを、跡継ぎにされることですか」

「寄合の者たちには、きちんと伝えておかないとな」

「では、お仕度を」

食欲などあるはずもないが、握り飯を味噌汁で流し込むと、着替えをした。丁稚を従えて店を出ようとした時、突然、店先に「喝」と大声が響き、黒い法衣をまとった男が入ってきた。

目を丸くした四八郎が、何者かと訊くと、男は碁石ほどの粒を連ねた念珠をかけた右手を顔の前に立て、ぶつぶつと念仏を一節唱えた。もう一度「喝」と叫び、長い息を吐いた。

旅の僧だという男は、旅をしているわりには色が白く、小綺麗な肌をしている。法衣も清潔そうで、白い頭巾を被る頭の後ろには、一つに束ねた髪を下ろしていた。

托鉢《たくはつ》を騙《だま》し取るいんちき僧侶に違いないと思った四八郎は、商売の邪魔だと強い口調で言い、追い払おうとした。だが僧侶は引かず、ずいと前に出た。

「屋敷の中に不成仏霊がおるようじゃが、心当たりがおありか」

「そ、それは……」

驚いた四八郎は、宗六に目を向けた。宗六も、見開いた目を向けている。

「やはり、感じた通りか」

僧侶はきりりとした目を奥に向けて、ずかずかと上がった。

「お、お待ちを。勝手に上がられては困ります」

宗六が両手を広げて、立ちはだかった。

「金はいらんから、安心しなさい。拙僧が、除霊をしてしんぜよう」

「しかし……」

「お願いします。お坊様」

宗六が止めようとしたら、奥からおたみが出てきて、四八郎の許しもなく、僧侶を奥に連れて入った。

「旦那様……」

「こうなっては、託すしかあるまい」

四八郎はあとのことを任せると、寄合に出かけた。

五

深川熊井町の料亭で行われる寄合は、仙台堀から南、大川から二十間川《にじっけん》までの間の地で油問屋を商う者たちが顔を合わせる。

年に三回ほど集まり、商いの資金繰りに困っていないか、油の買占めをする店はないか、何処の油は質が良い悪いなど、知っていることを交換する。同業者同士仲良くし、結束を強めて助け合おうという名目で作られた寄合である。

朝の話し合いが終わり、昼餉で一息つこうという時になって、四八郎は用意させた酒徳利を持って、皆に酌をして回った。葬式の礼と、跡取りのことをよしなにと、一人ひとりに頼んで回ったのだ。

誰もが、倅を喪った四八郎に優しい声をかけ、次助に代が替わった時のことを、約束してくれた。一回りして自分の席に戻ると、一人の男が酒を持って、膳の前に座った。

隣町で商いをする桑木屋《そうきや》忠兵衛《ちゅうべえ》だ。

日頃から何かと張り合ってくる忠兵衛は、まあ一杯と、酒を勧めてきた。

「清太郎を殺した下手人は、まだ捕まらないのかい」

「ええ」

「そうかい。奉行所も、何をしているんだか。ついこないだなんか、岡っ引きの親分がうちに来て、あんたのところのことを、根掘り葉掘り訊いてきたよ。まるで、身内に下手人がいるような口ぶりだったなぁ」

もう一杯いきなよと、徳利を差し出す忠兵衛が、上目遣いに顔色を窺ってきた。盃を持つ手の震えに気づかれたかどうかは分からぬが、唇に笑みを浮かべている。

忠兵衛の話を聞いていた他の者も、うちにも来たと言いだす者が何人かいて、四八郎とおたみの関わりをしつこく訊かれたと、みな口を揃《そろ》える。

おたみが芸者あがりだということは、ここにいる者はみな知っている。清太郎の母親が不治の病にかかる前からの仲だということも知っていて、夫婦になると言った時には、みなに反対されたものだ。おたみのことを認めてくれたのは、次助が生まれてからだった。

恐らく、役人に知っていることを全て話した者もいるだろうと察した四八郎は、何をどう話したのかは確かめなかった。慌てることで、やましいことがあると悟られるのを嫌ったのだ。

「四八郎さん。あんた、本当に何もやましいことはないんだろうね」

寄合を仕切る立場である忠兵衛が、念を押した。不祥事を起こした者が出たら、寄合に入っている油問屋全店に迷惑がかかることを、忠兵衛は心配している。

「何も、ありませんよ」

「そうかい。だったら、私たちは何もいうことはないよ。早いこと下手人が捕まることを、願うだけだ」

ご心配をかけて申し訳ないと頭を下げ、四八郎は早々に引き上げた。

誰が何と言おうが、清太郎の葬式は終わったのだ。このまま辛抱していれば、そのうち奉行所の探索も手薄になる。月日が経てば看板の文字が薄れるように、清太郎のことも人の頭の中から消えて、何も言わなくなるだろう。

このまま黙って、耐えればいいのだ。

四八郎は自分に言い聞かせながら通りを歩み、店に戻った。看板を見上げて、目を下ろして藍染の暖簾を眺め、店に出入りする客に、丁寧に頭を下げた。

息子の葬式が終わって日が経たぬうちに店を開けることへとやかく言う者もいたが、ひいきの客がいる以上、休むことなどできない。清太郎のことはきっぱり忘れて、今日からは、新たな西原屋がはじまるのだ。

「今帰ったよ」

つとめて明るい声を出すと、接客をしていた宗六が、手代と替わって迎えに出た。

「旦那様、お帰りなさいませ。すぐに、奥へいってください」

「お客か」

「それがその、今朝の坊様が、まだ居座っているので」

それ見たことかと、四八郎は舌打ちをした。どうせ、噂を聞きつけて来たいんちきに決まっているのだ。

「お前も来なさい。二人で追い出すのだ」

「はい」

宗六と二人して奥にいくと、客間の上座に僧侶が居座り、女中を相手にして談笑しながら、呑気《のんき》に茶をすすっていた。

四八郎がわざとらしく咳払いをすると、

「お帰りかな」

笑みを浮かべた。

「いましたかな。不成仏霊が」

「おりますな」

「…………」

落ち着いた声で言い、念珠をじゃらりと鳴らした。四八郎の鼓動が激しくなった。

「どうなされた。顔色が悪いが」

「いえ……」

四八郎は深く息を吸って吐き、僧侶を見据えた。

「……お名を、聞いておりませなんだな」

「高野山浄念寺の僧、尊徳《そんとく》と申す」

「さようですか。で、どのようなものがおりましたかな。やはり、倅ですか」

「うむ。あれに見える松の木の下におりましたが、どこぞに消えもうした。一刻も早く成仏させせぬと、悪霊になりますぞ」

「そ、そんな。どうしろと」

「家中を祓《はら》って回りはしたが、ただ一つ、亡くなられたご長男の部屋だけは、あるじの許しなくば立ち入ることができぬと申されてな。手をつけておりませぬぞ」

「宗六、おたみは、何をしているんだい」

「はい、尊徳様のお話を聞かれてから、次助おぼっちゃまの側に付いておられます」

離れに目を向けると、おたみが物陰から様子を窺っていた。目が合うと、早くさせろといいたげな顔で頷いた。

「では、お祓いを頼みます」

「かしこまった。部屋に案内願おう」

廊下に出て奥に行くと、戸を閉てられた部屋の前に立った。

「ここにございます」

「うむ。さがっておられい」

尊徳は般若心経を唱えながら念珠を振り、部屋の戸を開けた。開けるなり、

「喝！」

気合を吐き、指で咒文字《じゅもんじ》を切った。

長い息を吐くと、左手に握った念珠をじゃらりと鳴らし、念仏を終えた。

「これで、ご長男は成仏されよう」

「ではもう、迷い出てこないのですね」

「仏のもとへ参られた」

四八郎は安堵の息を吐き、宗六に笑みを向けた。

「よかった、よかったですね。若旦那様」

宗六は、清太郎がこの世をさまよっていることが胸のつかえになっていたらしく、顔をくしゃくしゃにして涙を流し、清太郎が暮らしていた部屋に向かって手を合わせた。

「では、拙僧はこれにて」

合掌して立ち去ろうとする僧を、四八郎が止めた。

「尊徳様に、是非とも聞いていただきたいことがございます」

「ふむ、何かな」

「実は――」

「あなた」

おたみに呼ばれ、四八郎は言葉を飲み込んだ。振り向くと、恐ろしい形相をしたおたみが、庭からこちらを見ている。

「……話を、聞きますぞ」

「いえ、何でもありません。宗六」

「はい」

「尊徳様をお見送りしなさい。お礼を忘れずにね」

「かしこまりました。では、尊徳様」

「よろしいのですか、あるじ殿」

「お世話になりました」

頭を下げると、尊徳は宗六のあとについて、帰っていった。

廊下を歩む僧の背中を見送ったおたみが、四八郎に詰め寄ってきた。

「あなた、何を言うつもりだったのです」

「もう駄目だ。おたみ」

「何が駄目なのです」

「寄合の席でね、奉行所の連中が、わたしたちのことを調べて回っていると聞いたんだよ。きっと、わたしたちの誰かが下手人だと疑っているに違いない。探索の手が、すぐそこまで伸びているのだよ」

「今さら弱気になってどうするのです、あなた。この店が、潰《つぶ》れてもいいのですか」

「しかし……」

「誰にも潰させるものですか。次助のためにも、このあたしが守ります」

「何処へ行く。また、あの男のところか」

「そのような言い方をなさらないでくださいな。店を守るためなのですから」

うなだれる四八郎に見下すような目を向けると、おたみは部屋に戻り、身支度を整えて出かけていった。

浜やの暖簾をくぐった慎吾は、奥に行くなり、にやっとした。

「おい、いんちき坊主。おめえ、十両もいただいたってのは、本当か」

「その話はよしてくださいよ、旦那。親分からさんざ叱られたんですから」

「拳骨でももらったか、ええ？　又介、でこが赤くなってるぜ」

「糊《のり》かぶれですよ。三文役者に借りた鬘《かつら》のせいです」

「旦那、そのへんで勘弁してやっておくんなせい……」

五六蔵が、笑いを噛み殺している。

「……十両は、あとで届けさせますんで」

「いいやな。もらっときな」

「いいんですかい」

「又介のことを本物の僧だと信じたんだろう？」

「ええ、まあ」

「だったら、又介の芝居は、下手《へた》な役者より上だってことだ。見物料として納めときな」

「だとよ、又介。店を出す足しにしな」

「へい、ありがたくいただきます」

懐に入れかけて、やっぱりやめたと言って差し出した。

「どうした、又介」

「人を騙した銭を店の足しにしたら、縁起が悪いような気がして。こいつは、みんなで使ってください」

「よく言った。それでこそ又介だ」

　慎吾が褒めると、又介は照れ笑いを浮かべた。

「しかし、慎吾の旦那には驚かされますね」

「何がだ。とっつぁん」

「伝吉を幽霊にして、僧に化けた又介をすかさず入れるなんざ、普通じゃ思いつきませんぜ」

「まあ、同心の探索のやり方としては、感心できねえな」

「いや、そういう意味でいったんじゃ」

「いいんだ。御奉行に知られたら、やはり大目玉を食らうだろうからな。でもな、おれはどうも、あの家族が気にくわねえ。はじめに又介が睨んだとおり、四八郎は何かを隠している気がしてならなくてな」

「確かに」

「で、又介、中の様子はどうだった」

「旦那の申されるとおり、家族は随分、亡霊に脅えている様子でしたね。特に母親が、尋常じゃござんせん」

「ほう……畳は」

「除霊にかこつけて屋敷中の部屋を見ましたが、畳に引っかいた跡はありませんでした。ただ、殺された清太郎の部屋だけが、畳を新しく取り替えていました」

「とっつぁん。畳屋を片っ端から当たってくれ」

「がってんだ」

「又介、こいつは騙した金じゃねえ。清太郎がくれたんだぜ。伝吉と二人で分けな。いいだろ、とっつぁん」

「ええ、ようござんす。又介、もらっときな」

第五章　悋気《りんき》

一

ゆるりと起き上がったおたみは、抜けるように白い背中を坂町に向け、緋《ひ》ちりめんの長襦袢に袖を通した。

鏡台の前に座り、乱れた鬢に櫛《くし》を通して整えると、唇に紅をさした。

背後で起き上がる気配がして、鏡の中に細身の顔が入り込んできた。

「帰るのか」

「次助のことが、心配なものですから」

「幽霊などと、ばかばかしい。坊主にしても、どれほどの力を持っておろうか……」

坂町はいいさして、鋭い目をした。

「北町の夏木という男を調べさせた。のんびりとした暮らしをしているようだが、同心としては、なかなかの者とみた。油断はならぬ。坊主は、夏木が送り込んだ隠密かもしれぬぞ」

おたみは化粧の手を止めたが、すぐに思いなおした。

「小判を渡したら、素直に受け取って帰りましたし、いんちき坊主であっても、お役人ではないですよ」

「役人に見えぬのが、隠密同心というものだ」

「たとえそうであっても、心配することはありませんよ」

「大した自信じゃな」

「ええ。あなた様のいわれる通りにして、何ひとつ印が残っていないのですから」

「ふふ、そうであったな」

引き寄せようとする手を止めて、おたみは身支度を続けた。

「つまらぬのう」

「先ほどのことがうまくはこべば、いつでも会えるじゃございませんか」

「そうであるが……ふふ、恐ろしい女よ。四八郎も、哀れなやつよのう」

「敵に回さないほうが、よろしくってよ」

おたみは坂町に身を預け、味方でいてくだされば、お金も体も、何もかも思うがままと言い、上目遣いに甘えてみせた。

「愛《う》いやつじゃ」

くつくつと笑う坂町とおたみの顔が、蠟燭の炎のゆらめきに陰影を濃くし、不気味さを増していた。


満月が薄雲に隠れ、あたりが急に暗くなった。物陰に潜み、月見亭を見張っていた松次郎は、表に出てきた男女を見て身を隠した。

おたみを西原屋から尾行《つけ》て来たのだが、

「ち、堂々としてやがらぁ」

男に見送られて、帰りの舟に乗り込んだ。

すぐそばを下っていくおたみの舟を横目に、松次郎は男を見張った。男は舟を使わず、町駕籠に乗り込んだ。

供の侍が横に付き、夜道を警護している。

目の前を通り過ぎる駕籠を見送り、つと、通りに出た。

松次郎は今、端折っていた着物の裾を下ろし、縞《しま》の単衣をぞろりと着て二枚目の遊び人風の形《なり》をしている。

女には縁のない男だが、こうして見ると、浮いた話がないのは不思議だ。伝吉に言わせりゃ意気地がないのだそうだが、松次郎本人は、お役目と酒にしか興味がないのである。

今も、柳の下から現れた美しい女に声をかけられたが、見向きもしないで夜道を歩んでいく。

伝吉なら笑顔のひとつでも見せて誘いを断るだろうが、松次郎はぐっと唇を引き締め、前だけを見てすっすと歩んだ。

「なんだい、けちやろう」

顔に似合わぬ言葉を発した女が、ひと睨みをくれて背を返した。

えっほ、えっほと軽快な掛け声をあげて進む駕籠は、浅草御蔵前を抜けて南に下ると、薬研堀《やげんぼり》で止まった。男は舟つき場に向かい、屋形舟に乗り換えて、大川を下っていった。

「やろう、随分手の込んだことをしやがるじゃねえか」

後を追う手立てを失った松次郎は焦った。

おたみと一緒にいた男は与力に違いなかろうが、頭巾で顔を隠していたため人相もわからずのままだ。このままでは、親分のいいつけに応《こた》えて、おたみと与力のつながりを確かめられぬ。

歯ぎしりしながら、川を下る舟を見つめた。駕籠かきが何か知っているかもしれぬと思い、あとを追おうとした時、背後から駆けてくる足音に気づいて振り向いた。

声を押し殺した気合を吐き、白刃を振りかぶる男にいきなり斬りつけられた。

「あっ」

しまった、と思った時には、やられていた。咄嗟に飛びすさったが、焼けるような痛みに顔をゆがめた。

「くそ。気づかれていたか」

松次郎は、何処を斬られたかわからなかった。激痛に耐えて、懐に隠していた十手を握った。

足を開き、腰を低くして刀を構える男は、手ぬぐいのようなものを巻いて口と鼻を隠している。舟つき場であるじの帰りを待っていたに違いなく、尾行する松次郎を斬れと命じられたのだ。

「や、野郎！」

血が流れる左手をだらりと下げ、右手で十手を構える。対する男は、刀を脇構えに転じて、死角に白刃を隠した。

十手で勝てる相手ではない。恐ろしいまでの威圧に、松次郎は死を覚悟した。

相手が動いたと同時に、駄目だ、と諦め、目を瞑った。

「きゃぁ！　人殺し！」

夜の町に女の悲鳴がした。

ちっと舌打ちをする音がしたかと思うと、すうっと男がさがり、暗闇の中に溶け込んだ。

「おい何だ、喧嘩か」

赤提灯《あかちょうちん》の前に店の小女《こおんな》が立っていて、悲鳴を聞きつけた客が出てきた。

腕を押さえた松次郎は、客たちが駆け出すのを見たところで、白目をむいて気絶した。

二

「どけ、どいてくれ！」

朝になって報せを受けた慎吾は、町中を駆けていた。しじみ売りと豆腐売りを亀島橋から突き落とさんばかりにして間を抜けると、川口町の国元華山の診療所に飛び込んだ。

「あら、八丁堀」

呑気な声できょとんとする華山の肩をがしっと掴み、

「松はどこだ！」

鬼気迫る顔で訊いた。

大きな目をひんむいた華山が、ぱちぱちと瞬《まばた》きをした。

「死んだのか」

「ええ？」

「死んじまったのかって訊いてるんだ」

「松次郎さんなら、ほら」

華山が顔を向ける先には、床に寝た松次郎がいて、こちらを見ていた。横に座っていた五六蔵が、苦笑いを浮かべて頭を下げた。

「なんだ、無事だったか」

「旦那、なんだはねえですよ、なんだは」

「斬られて華山のところへ運ばれたっていうから、てっきりおめえ……」

伝吉が、息を切らせて入って来た。

「……やい伝吉、おれを騙したな」

「そりゃねえですよ旦那。最後まで聞かねえで飛び出すんだもの」

腕を斬られたが命にかかわることはないと言う前に、慎吾は屋敷を飛び出したのだ。

さらに遅れてきた作彦が、大荷物を抱えている。

「だ、旦那様、お着替えを」

言われて気づけば、起き抜けの浴衣一枚を羽織り、帯一本が腹にかかっているだけで後ろにはだけ、前から見れば褌一丁のようなことになっていた。

華山がぷっと噴き出したので、慎吾は慌てて前を隠した。床の横に座ると、松次郎が起き上がろうとしたので胸を押さえて止めた。

「旦那、申しわけねえです」

「命があってよかった」

「へい」

「で、傷はどうなんだ」

「腕をちょいと斬られましたが、てぇしたことはねえです」

「あら、ここに運ばれた時は気を失ってたくせに」

「先生、そりゃ言いっこなしですぜ」

「駄目よ、むりしちゃ。腕が動かなくなるわよ」

「そんなに深いのか」

「ええ。筋が傷ついていなければいいけど、今はまだはっきり分からないのよ」

「しばらく寝ているこったな、松」

「親分、すみません」

「誰にやられた。与力か」

「いえ、顔を隠していたもので」

松次郎は、斬られるまでのことを細かく告げた。話を聞き終えた慎吾は、激しい怒りをなんとか沈め、五六蔵を見た。

「おたみの相手が誰なのか月見亭で調べりゃ、松次郎を斬った野郎も分かろう」

「そいつは、今朝方調べてきやした」

「相手は与力だな」

「それが、店では木下なにがしと名乗っているようです」

「偽の名だ。くそったれめ。作彦、着替えだ」

「へい」

慎吾は、着替えを受け取った。

「華山、奥を借りるぜ」

今朝は髪結いを諦めるとして、単衣と巻き羽織はきちんと着こなし、大小と十手をねじ込んだ。

「旦那、畳屋のことですが」

襖越しに、五六蔵が声をかけてきた。

「今行く……」

襖を開けると、五六蔵の前に座った。

「……見つかったか」

「北川町の職人が、畳を入れ替えたそうです」

「そっくり入れ替えたのか」

「ええ。しかも、随分急がせたようで、倍の値をつけて他所《よそ》の分を回させたそうです」

「印を消しやがったな……」

慎吾は唇を舐めた。

「……おおかた、与力の入れ知恵だろうぜ、とっつぁん」

「ええ」

「職人は、古い畳をとっていなかったか」

「既に焼かれていましたが、表に、何かでひっかいたような跡があったのを、覚えておりやした」

「やっぱりそうか……」

慎吾は、横になっている松次郎の腕を見た。さらしに、痛々しく血が滲んでいる。

「……となると、畳屋が危ねえな」

「あっしに任してください」

「やつらの悪事は許さねえ。こうなったら、懐に飛び込んで揺さぶるしかねえな」

「いってぇ、何をなさるおつもりで」

「見えかけた尻尾《しっぽ》を、この手で掴んでやるのよ」

出かけようとして腰を上げると、

「お待ちよ、八丁堀」

華山が呼び止めた。

見ると、握り飯を盛った皿を用意してくれていた。

「みんな、朝ごはんまだなんでしょう。味噌汁も作っておいたから、食べていきなさいよ」

「おめえ、めしを作れるのか」

「何よ、珍しいものでも見る顔して」

「いや、ここじゃ、おかえが作ったものしか見たことがなかったからな」

「まあ、これぐらいは、誰でもできるわよ。さ、みんな食べて」

慎吾が感心して眺めていると、五六蔵が手を伸ばした。

「へへ、では、いただきやす」

白むすびをぱくりとやり、うっ、と声を出した。

「何だ、その、うっ、てのは」

「うひひひ」

苦笑いをする五六蔵を横目に、慎吾が白むすびをほおばった。ぺっぺと吐き出したいのを我慢して、ごくりと飲み込む。

「医術をするようには、上手《うま》くいかねえようだな」

「何よ、不味《まず》いっていうの」

華山が不服そうに一口食べて、苦笑いをした。

「あら、あたしとしたことが、うふふふ」

「まるで塩のかたまりだろう？」

慎吾がにんまりすると、華山が真顔になり、むすびを奪い取った。

「たまには、手違いもあるわよ」

そうだなと言って味噌汁の椀を持ったが、恐ろしくなって置いた。

「西原屋が出かけるといかんので、おれは行くぜ」

作彦を連れて診療所を出ると、途中で菜飯《なめし》屋に寄った。大根の葉をゆでて細かく刻んだのを、塩が利いた飯にまぜただけのものだが、出されたしじみ汁との相性がよく、箸がすすむ。

作彦と並んで腹ごしらえを済ませた慎吾は、腹をぱんと叩いて気を引き締め、永代橋を渡った。

三

「じゃまするぜ」

作彦を表に待たせて、慎吾は西原屋の暖簾をくぐった。番頭の宗六が、商売で鍛えられた笑顔を浮かべて出迎えた。帳場に四八郎の顔が見えたが、慎吾に目を向けた途端に嫌そうな顔をしたのを、見逃さない。

「夏木様、おはようございます」

「おう、おはようさん」

「今朝は、良いお報せを？」

「いや、下手人はまだみつからねぇ。今朝は見廻りをしていたのだが、茶が飲みたくなってな、ちょいと寄らせてもらったぜ」

「さようでございましたか」

夏木様にお茶と菓子をお持ちしなさいと手代に言いつけると、宗六が畳に座った。

慎吾は刀を鞘《さや》ごと抜いて、宗六の横に腰かけた。あるじ四八郎は帳面に目を通していたが、慎吾が居座るのを見て、小さなため息をついて側に来た。

「夏木様、おいでなさいまし」

ここはわたしが、と言って宗六を仕事に戻すと、たあいのない世間話をはじめた。

慎吾は適当に話を合わせていたが、程なく茶と菓子が運ばれてくると、今度は菓子の話をはじめた。出されたのは大福餅だが、昔は腹が太るから大腹餅といわれていただとか、どこそこの店の大福だから、あんこが美味しいだとか、休む間もなく話す。

まるで、こちらから話させまいとしているような気がして、慎吾は何だか、腹が立ってきた。

「分かった、分かったから」

手を出して口を止めると、四八郎は黙ったが、大福より美味しい饅頭をどうぞと言い、手箱から白い紙に包まれた饅頭を取り出し、慎吾に差し出した。

何気なく受け取って、慎吾は鋭い目を上げた。

「こいつは、随分重い饅頭だな。ええ、西原屋」

「たっぷりと、あんこが入っておりますので、どうぞ、お屋敷にお戻りになられてから、お召し上がりください」

「いや、こいつはいらねえ」

恐らく二十五両は入っている包みを置き、慎吾は押し返した。

「清太郎のことではお世話になったのでございますから、お受け取りくださぃ」

慎吾は小判には見向きもせず、わざと拳で手を打った。

「その、清太郎のことだ」

「はい？」

「下手人を捕まえようにも、いとぐちがなくて困っている。清太郎のことをもっと知りたいのでな、次助と話をしたいのだが」

「次助に、何を」

「そりゃおめえ、兄弟だ。親が知らぬことでも、弟は知っていることがあるだろう。たとえば、親に黙って夜遊びをともにするような、悪友のことだとかな」

「夜遊び、でございますか」

「辛かろうと思うて言ってなかったが、清太郎はな、水を飲んでいなかったのだ。つまり、何処かで首を絞められて殺されたあと、川に捨てられたのだな。あの日、清太郎は、何処に行っていたんだ」

「確かに、朝起きたら清太郎はいませんでした。夜遊びをするような子ではございませんでしたので、大騒ぎをしていたのでございます。そこへ、お報せが」

「誰も知らぬうちに外へ出たとなると、何処かへ遊びに行ったんだろう」

「はあ……」

「何処で殺されたかまったく分からないじゃ、手のつけようがねぇ。弟なら、清太郎が行きそうな所を知っておろう」

「どうでございましょうか。知らないと思いますが」

「んなこたぁ、訊いてみなくちゃわからねえだろう」

「はい」

「なぁに、手間はとらせねえから、ここへ呼んでくれ」

この間も、慎吾は四八郎から目を離すことなく、顔色を窺っている。初めは落ち着いていたが、夜遊びのことと、次助に会わせろと言ったころから、妙に落ち着きがなくなってきた。

「どうした、汗が流れているぜ」

「そ、それが、夏木様。次助は今朝から、具合を損ねて寝ているのでございますよ」

慎吾は、十手を抜いて肩にかけた。

「ほう、どんな具合だ」

「熱が、高い熱が、出ているのでございます」

「そいつは妙だな」

「妙、とは？」

「いやな。店に入る前に、表の掃除をしていた下女に次助のことを訊いたんだが、いつものように朝餉を食べて、部屋にいるといっていたものだからな、会わせてくれと頼んだんだぜ」

鋭い目を向けると、四八郎は口ごもり、下を向いた。

「朝餉のあとで、高い熱が出たのでございますよ、お役人様……」

声がしたので目を向けると、奥の間から、おたみが出て来ていた。

「……今も熱が引かずに、臥《ふ》せっておりますの。店も混み合うころになりましたので、今日のところは、お引取りくださいな」

　ぴしゃりと言うおたみを見据えて、慎吾は十手を帯にねじ込んだ。

「そいつは仕方ねえな。まあ、いま会えぬとなると、仕方ねぇ。後日、奉行所に来てもらおうか」

「ぶ、奉行所ですって」

「おう。いま奉行所は、押し込み強盗の探索で手一杯でな。みな出払っているものだから、清太郎のことは全ておれに任されている。と申しても、奉行所に同心がいねえのは都合が悪いのでな。明日からしばらく、詰めなくちゃならんのだ。まあ、奉行所に来てくれたほうが、吟味与力様もおられるので都合がいい」

　もちろん、はったりだが、西原屋夫婦にはてきめんの効き目があった。おたみがうろたえ、次助の様子を見てくると言って、四八郎を連れて奥に行った。

　慎吾は、二人の背中を見送ると、表に控える作彦と顔を合わせ、怪しいなと、目顔で言った。

　襖の隙間から慎吾の背中を見ていたおたみは、静かに閉めると、能面のような顔を四八郎に向けた。

「こうなったら、夏木様を殺すしかありませんね」

「馬鹿な。相手は同心だぞ。できるわけがない」

「いいえ、できますとも」

「どうやって。表には家来もいるし、店の者や、お客もいるのだぞ」

「二人を奥に引き入れて、酒でもてなすのです。その間に店を閉めてしまえばいいのです。店の者は、金を渡すなりなんなり、口を封じる手立てはあるでしょう」

「刀を持つ者を、どうやって殺すというのだ」

「手はありますよ、あなた」

おたみは懐から朱色の包みを出し、開いて見せた。

「お前、いつの間に」

「こんな時のために、用意したのです。さあ、覚悟をお決めなさい」

胸に押し当てられた短筒を握った四八郎は、恐怖に目を見開いた。

「わたしにはできない」

短筒を押し返すと、おたみが止めるのも聞かずに、庭に下りて離れに向かった。

「次助、入るぞ」

障子を開けた四八郎は、書物を読んでいた次助の前に座った。

「父様、どうされたのです」

「八丁堀の夏木様が、清太郎のことを、お前に訊きたいそうだ」

「わたしに、何を」

「いいか、次助……」

四八郎は、次助の手をしっかり握り締めた。

「……何があろうが、お前は、わたしの大切な息子だ。どんなことをしてでも、守ってやる。だから、訊かれたことに、正直に答えなさい」

次助は、珍しく笑みを浮かべた。

「……初めてですね。父様が、わたしの息子だと言ってくれたのは」

「何を言うんだい。母は違っても、お前は清太郎と同じ、わたしの息子だよ」

「父様……」

「次助、何も怖がらなくてもいいのですよ」

おたみが来て、次助を抱きしめた。

「母様……」

「何を訊かれても、都合が悪いことは何ひとつ言わなくていいのです。今日を逃れることができれば、坂町様がきっと、助けてくださいますからね」

「心配はいりませんよ、母様。わたしが、この店を守ってみせます」

「では、呼んでくるぞ、次助。いいな」

四八郎は、一旦障子を閉めて、母屋に向かった。

四

「夏木様、こちらへどうぞ」

「うむ」

慎吾は、四八郎と庭に回ると、離れに案内された。寝床に臥せっているのかと思いきや、文机の前に座り、慎吾の顔を見るや、きちんと頭を下げた。

「何だ、元気じゃねぇか」

「今は熱が下がっていますが、またいつ上がるか分かりません。どうか、手短にお願いします」

おたみに言われて、慎吾は頷いた。

「次助」

「はい」

「清太郎は、おめえにとって、いい兄だったか」

評判では仲のいい兄弟だと聞いている。当然、はいと答えると思っていた。ところが、次助の顔が、みるみる険しくなった。

「他所《よそ》の人はそう言われますが、わたしには、いい兄ではありませんでした」

「ほう、そりゃまた、どうして」

「この離れを見てもお分かりのように、兄とは、何かと差をつけられて育ちましたから」

「次助、おまえ何を言うのだい」

「違うとは言わせませんよ、父様」

次助が四八郎に向けた目は、憎悪に満ちていた。

「わたしは、いつも兄さんの背中をみていた。横に並ぶことを、許してくれなかったじゃないですか」

「当然だ。この家の跡継ぎは、清太郎だったのだから。でもね……」

「どうして、同じ家に生まれながら、差をつけられなければならないのです。わたしだって、父様の息子なのに」

「だから、苦労をさせた覚えはない。それに、おまえにはこうして、母親がいるではないか。清太郎はね、顔には出さなかったが、おまえが母に甘える姿を、どんなに羨ましく思っていたか」

「ふふ、ふふふ」

「何がおかしい」

「甘えるくらい、いいじゃありませんか。わたしの味方は、母様しかいなかったのですから。でも兄さんには、あなただけでなく、店の者たちがいた。そしてお百合までも、わたしではなく兄さんを選んだ。寂しいことなんて、あるはずがない。兄さんは、わたしから多くのものを奪っておきながら、母様に甘えてばかりで駄目な奴だとか、世の中のことをまったく分かっていないだとかさんざ罵《のの》り、近ごろは、母様からも離そうとしていた。いずれ放り出そうとしていたに、違いないのです」

「だから、兄さんに嫉妬《しっと》して、憎んでいたのか、次助」

慎吾が訊くと、次助は目を伏せ気味にして、そうだと答えた。

「殺したいほどに……」

「次助、おまえ何を！」

四八郎が目を瞠り、慌てて尻を浮かせた。

慎吾が睨むと、四八郎もおたみも、目をそらせた。

「そいつは、穏やかじゃねえな。次助、おめえが清太郎を殺したのか」

「いえ……」

次助は妙に落ち着いている。自信に満ち、口元には笑みさえ滲ませている。

「……兄さんが死んだのは、父様のせいですよ。父様が甘やかすから、世の中は全て自分の思うようになると、兄さんは思っていたのです。あの夜だって、こっそり抜け出して遊びに行き、盛り場で誰かに殺されたんだ。悪いのは、父様ですよ」

「今の口ぶりじゃ、しょっちゅう夜遊びに出ていたように聞こえるが」

「ええ、誰もが寝静まるのを待って、こっそりと出ていましたよ」

「何処に行って、誰と遊んでいた」

「さあ。わたしは、抜け出す姿を、何度か見かけただけですから」

「そいつは、おれがお百合から聞いた話と、随分違うな」

「どう、違うのです」

「清太郎は夜遊びをするような男じゃねえ。それによ、おめえを追い出そうとしているってのも、酷い思い違いだ」

「何を理由に、そのようなことを……」

「お百合に聞いた話じゃ、清太郎はな、代が自分に替わったら、財産の半分をおめえに分けて、暖簾を分けてやると言っていたそうだ。母親に甘えてばかりいるから、店を持たせるために、いまは辛く当たって、鍛えているのだとな。そうだろ、四八郎」

「はい。そのとおりでございます」

「そ、そんなの、嘘だ」

「嘘かどうかは、次助、おめえのここが、一番分かってるだろう」

胸を叩いて言うと、次助は目をあちこちに動かし、落ち着きがなくなった。

「嘘だ。嘘に決まっている。嘘だ！」

次助は狂ったように叫び、頭を抱えた。

四八郎は、清太郎の名を呟《つぶや》き、手で顔を覆って泣き崩れた。

「お引きとりください。わたしどもは、家族を殺されたほうなのですよ。これではまるで、下手人扱いではないですか」

おたみは、声は怒っているが、表情はやはり、動かなかった。

そのようなつもりはないと言いつつも、慎吾は、西原屋で殺しが起きたことを疑わない。しかし、肝心な印が消された今となっては、当人に白状させるしか、解決のいとぐちはないのだ。

次助に一押ししようと粘ったが、おたみが立ちはだかったせいで、殻に籠《こも》ってしまった。

何を言おうが、何を訊こうがだんまりをきめ、とうとう、熱を出してしまった。

こうなっては、どうにもならぬ。

明日また来るといって、慎吾は西原屋を出た。

通りを南に下ると、枝川のほとりに立つ柳の下で、五六蔵が待っていた。

五六蔵は松次郎を斬られて気が立っている。慎吾の顔を見るなり、どうだったかと訊いてきた。

「やはり、西原屋の家族は何かを隠しているな」

「畳屋を証人にして、しょっぴきましょう」

「焦るなとっつぁん。畳が焼かれたいまとなっちゃ、傷は、物を引いてついたものだと逃げられたらしまいだ。かといって、拷問《ごうもん》にかけるような下劣なことはしたくねえ」

「ではこのまま、指をくわえてみているつもりで」

言っておいてはっとなり、すいやせんと詫びた。

「揺さぶりを入れたことで、何かことを起こすかもしれぬ。畳屋は誰が見張っている」

「伝吉と又介をつけやした」

「済まねえが、畳屋をどこか安全なところに匿《かくま》って、二人をこちらによこしてくれ。裏と表に見張りをつけておきたいからな」

「がってんだ」

五六蔵と別れた慎吾は、作彦を裏手に回し、表を見張った。家族で手をとって逃げ出せば押さえてしょっぴき、逃げなければ、明日また顔を出して、今日と同じことを訊く。

観念して罪を認めるまで、じわじわと追い詰めるつもりだ。

五

夜はふけ、もうすぐ木戸が閉じる刻限になる。

夜逃げをするなら朝方であろうが、西原屋は舟を持っているので、慎吾と五六蔵親分たちは見張りを続けた。枝川には数艘の屋形舟が横付けしてあるが、中には夜鷹が商売に使っているものもある。

五六蔵親分の手下たちが張っているとも知らずに、通りで捉《つか》まえた客を引きずり込んでなまめかしい声をあげるものだから、近くの舟に潜り込んでいる伝吉が顔を出して、迷惑そうに顔をしかめた。

「ちっ、大きな声を出しゃ、男が喜ぶと思ってやがら」

「おい、顔を出すんじゃねえ」

「だって又介の兄貴、気が散っていけねえや」

「おめえが一番好きな声だから無理もねえが、集中しろ」

にやける又介が、徳利を渡した。寒空のしたで舟の中に潜むのは、案外と体が冷える。

　徳利のまま酒を含んだ伝吉が、町屋の角からつと人影が現れたのに気づいて、慌てて身を潜めた。

「誰か来る」

　筵《むしろ》をかぶって潜んでいると、夜鷹がひときわ大きな声をあげた途端に、嘘のように静かになった。

　一匹のこおろぎが、様子を窺うように鳴きはじめると、それに倣《なら》って、次々と虫が鳴きはじめた。

　月夜のしたで虫が鳴くのは風流なことだが、伝吉と又介の耳には届いていない。

　頭巾で顔を隠した男は、二人の家来を従えて歩み、後ろに空の荷車が続いている。一行は、伝吉と又介が潜む舟の前を通り過ぎて行った。

「おい、西原屋に入るぞ……」

　又介が舟から川の石垣に手をかけ、頭を覗かせている。

「……慎吾の旦那にお報せしろ」

「がってんだ」

伝吉はひょいと通りに昇り、田中橋へ向かった。

橋の袂で、慎吾は作彦と二人で夜鳴きそばをすすっていた。みなと交替で腹ごしらえをしていたところへ、伝吉が走って来た。

「旦那、頭巾をした怪しい侍が三人、西原屋に入りました。外には、荷車を待たしています」

「何だと」

与力の坂町に違いないと察した慎吾は、どんぶりを投げ置いた。

「おやじ、勘定置いとくぜ」

ありがとやす、という声を背に聞きながら、西原屋に走った。

与力の顔があれば、木戸門は簡単に通れる。西原屋たちを荷車に隠し、逃がすつもりかもしれない。

外へ出たところを押さえれば、突っ込んで白状させることもできるが、慎吾はどうにも胸がすっきりしない。やな予感がしてならないのだ。

「伝吉、おれはとっつぁんがいる裏に回る。作彦と又介の三人で、荷車を見張れ」

「がってんだ」

二人と別れて、裏路地に入った。

西原屋の裏門は、家の塀に囲まれたところにあるので人通りがない。

五六蔵は、向かいの家の者に頼んで、二階を見張り場としていた。

慎吾が現れたのを見て、五六蔵が降りてきた。

「旦那、妙な侍が廊下を歩くのが見えたもので、いま報せに行こうと思ってやした」

「与力の坂町に違いない。中に忍びこむぞ」

「あっしに任してください」

五六蔵は懐から小柄を出して、裏木戸に身を寄せた。切先を隙間に滑り込ませると、起用な手つきで動かし、閂《かんぬき》を外した。

ゆっくり戸を開けて、慎吾に得意げな顔を向けた。

慎吾はにやりとして、先に中に入る。庭木に囲まれた小道を進み、伝吉が幽霊騒ぎを起こした松の木の陰に潜み、灯りがついた部屋の様子を窺った。

「坂町様、いま申し上げましたとおり、北町奉行所の目は、この西原屋に向いてしまっています。何か、良い手はございませんでしょうか。必要とあれば、お金はいくらでもお出しします」

「ほう、いくらでもな」

坂町は、ゆっくりとした仕草で頭巾を取り、細めた目を四八郎に向けて、くっくつと笑った。

「蔵の蓄えを投げ打ってでも、店の看板を守りたいのだな」

四八郎は戸惑いながらも、頭を下げた。

「……はい」

「うむ。では、店の看板を守るために、一番良い手を教えてやろう」

「ははぁ」

「四八郎よ。おぬしが倅を殺したと、自首をするのだ」

「い、いま何と……」

　絶句した顔を上げる四八郎に、坂町が言い伏せた。

「子殺し親殺しは重罪だ。しかし、倅の素行の悪さに耐えかねて、殺してしまったことにすれば、家族が責任を問われることはあるまい。わしが口をきいて、そのように計らってやる」

「わたしは、どうなるので」

「子殺しとして裁かれるが、慈悲もあろう。何年か、島で暮らすことになろうな」

「島送りで、済みましょうか」

「それには金が要る。まあ、二千両もあれば、十分だ」

「に、二千両」

「次助が店を継ぎ、おぬしは数年で帰って来られるのだ。安いものではないか」

「人影は見えますが、何を話しているか聞こえませんね」

五六蔵が前に出ようとしたので、慎吾が止めた。

「しっ、誰か来る」

手燭《てしょく》も持たずに、月明かりを頼りに廊下を歩む者の影がある。一旦立ち止まって、灯りが漏れる部屋の様子を窺う仕草を見せ、あたりを気にしながら、歩きだした。

忍び足で進み、手前の部屋の障子を慎重に開けると、中へ忍び込んだ。

「店の者が、様子を窺いにきたのだな。やはり、この家族には隠し事があるのだ」

「近づいて、中の様子を探りやす」

止める間もなく、五六蔵が庭に歩み出た。長年の岡っ引き稼業で培った技かは知らぬが、五六蔵は足音をまったく立てずに、庭を横切っていく。

六

「覚悟を決めよ、西原屋。わしが責任をもって、次助に店を継がせてやる」

「……はい、わかりました」

四八郎が返事をした時、家来の一人が、鋭い目を襖に向けた。静かに近寄り、さっと襖を開け放つと、番頭の宗六が目を瞠って、尻餅をついた。

坂町が、ぎろりと目をひんむき、恐ろしげな顔を向けた。

「おのれ、話を聞きおったな」

「旦那様、これはいったい……」

家来に胸ぐらを掴まれて立たされると、四八郎たちがいる部屋の中に突き飛ばされた。

足元に転がる宗六を見下ろし、

「そうじゃ、こたびのことを治めるに、もっと良い手があった……」

坂町は不敵な笑みを浮かべた。

「……番頭が店の金を横領したところを清太郎に見つかり、部屋に呼ばれて咎《とが》められたため、絞め殺した。父親のお前がそのことを突き止め、番頭に復讐《ふくしゅう》をする。というのはどうだ。西原屋」

家来が宗六を羽交《はが》い絞めにして、口を塞いだ。

「復讐とは坂町様、いったい、何をしようというのです」

「決まっておろう。こうするのよ」

坂町が素早く脇差を抜き、宗六の腹に突き入れた。

「ぐぅ」

宗六が激痛に悲鳴をあげたが、口を塞がれているため外に聞こえぬ。白目を剝《む》いて倒れるのを、感情のない目で見下ろした坂町が、脇差の切先を四八郎に向けた。

「人を殺《あや》めたのを苦に、おのれも首をかき切って命を絶つ。これで、一件落着じゃ」

殺されると察した四八郎が息を呑み、逃げようとした。しかし家来に捕まり、腹を打たれて膝をつかされる。

「たた、助けてくれ」

「それはできぬな」

「は、話が違うではないか。島送りで済ませてくれるはずじゃ」

「気が変わったのよ。おぬしがここで自害すれば、二千両を運び出す手間もはぶけるというものだ。のう、おたみ」

「はい」

　不気味な笑みを浮かべるおたみに、四八郎が愕然とした。

「おまえ、まさか……」

「ふふふ、冥土の土産《みやげ》に聞かせてあげましょう。次助はね、坂町様のお子。あなたはそれを知らずに、ここまで育ててきたのよ。でも心配なさらないで。このお店は、あたしたち親子三人が、しっかり守っていきますから」

「まさか、はじめからそのつもりで、清太郎を……」

「いいえ、殺すつもりなどなかったわよ。でもね、次助に辛く当たるからいけないのよ。息子を守るためには、殺すしかなかったの」

「次助が、殺したのじゃなかったのか」

「あの子は優しい子よ。人殺しができるわけないじゃないの。清太郎がいる限り、あの子が陽の目を見ることはない。だから、あたしがこの手で殺してやったわ」

坂町に寄り添うおたみは、初めからこの店を乗っ取るつもりで身請《みう》けされて来たことを、白状した。

「おのれ、よくも」

摑みかかろうにも、家来に押さえられてどうにもならぬ。怨みを込めた目を上げると、おたみがせせら笑った。

「まあ、怖い顔。清太郎が待っていることですし、この世に未練をのこしなさんな。大人しく死んでくださいな」

家来が四八郎を羽交い絞めにした。

「は、離せ！」

がっちりと身動きを封じられたところへ、坂町がにじり寄る。白刃を喉に当てようとしたその時、奥の襖が開け放たれた。

　開け放たれたと思うや、飛び込んできた次助が、四八郎を摑む家来に体当たりし、もつれるように転がった。部屋の隅に横たわる四八郎の前を塞ぎ、母親と、今はじめて知った父の顔を睨んだ。

「父様は殺させない」

「次助、そこをおどき！」

「母様、お願いだから、もう人を殺さないで！」

「次助！」

　前に出ようとしたおたみを、坂町が止めた。

「まあ、よい。次助は、わしより四八郎を選んだのだ。望みどおり、仲良くあの世に送ってやろう」

「坂町様！」

「おたみ、子などおらぬとも、二人で面白おかしく暮らしていこうではないか。蔵に眠る千両箱の山があれば、生涯遊んで暮らせるのだ。のう」

「次助、今なら間に合います。そこをどきなさい！」

「いやだ。父様は、わたしが殺させない」

「次助！」

おたみを押しのけた坂町が、家来に顔を向け、殺せと目配せをした。

「はは」

家来が刀の柄に手をかけた時、背後の障子がぱっと開け放たれた。

「まちやがれ！」

五六蔵が怒鳴ると、近くにいた家来が抜刀した。

「むん！」

振り向きざまに刀を横に一閃《いっせん》した。

五六蔵は咄嗟《とっさ》に飛びすさって刃をかわし、庭に降りた。身のこなしは、五十路《いそじ》をとうに過ぎた者とは思えぬ軽さだった。

ふん、とにやけて見せると、十手を抜いて突きつけた。

「てめえらの悪行は、この五六蔵様がしっかりと聞かせてもらったぜ」

「岡っ引きの分際で何をほざくか。かまわぬ、この者も斬ってすてい」

家来が庭に飛び降り、大上段に刀を振り上げた。今まさに打ち下ろそうとしたその時、風を切って小柄が飛び、家来の手首に突き刺さった。

「おぅ」

右手に刺さる小柄に呻き声をあげた家来が、目を瞠った。

「悪事はそのへんで止めときな」

「おのれ、何奴《なにやつ》！」

慎吾が、松の木の根元から、ゆるりと前に出た。蠟燭の灯りに顔が照らされると、坂町が息を呑んだ。

「おのれ夏木、またしても貴様か」

「がたがたぬかすんじゃねぇよ、悪党が……」

十手を引き抜き、坂町に突きつけた。

「……おう、坂町。てめえ、お上から十手を預かる身でありながら、悪事に手を染めるとはゆるせねぇ。大人しく縛《ばく》につきやがれ」

「ええい黙れ！　かまわん、こやつらから始末しろ！」

もう一人の家来が庭に降り、慎吾の前に立ちはだかった。

「おう、薬研掘で十手持ちを斬ったのはどっちだ」

「ふん、このおれよ」

家来が小柄を抜き捨て、刀を構えた。

「こいつは、あっしが」

五六蔵が前に出て、十手を構えた。

「ばかめ、十手が何の役に立とうか」

「うるせぇ。てめえよくも、松次郎を斬りやがったな」

「………」

家来は腰を低くし、脇構えに転じて、白刃を隠した。

「てぇい！」

気を吐いて斬りかかる刀を右にかわすや、五六蔵が十手で肩を打った。家来は怯《ひる》んだが、負けじと斬り上げようとした出鼻をくじき、今度は額を打った。

「うっ」

家来は雷に打たれたようにのけ反ると、刀を手から落とし、白目をむいてばったりと仰向けに倒れた。

「おのれ！」

五六蔵の隙を突いて斬りかかろうとした残った家来の刀を、慎吾の十手が弾《はじ》き上げた。

「む、うぅ」

何処をどう打ったのか、刀を弾き上げられた家来が腹を押さえて身を屈《かが》めると、そのまま、庭の植木に頭から突っ伏した。

「く、くそ」

手練《てだれ》の家来を倒された坂町は怯《ひる》んだが、直ぐに気を取り直し、庭に降りた。羽織を脱ぎ捨て、手早く襷《たすき》をかけるところは、さすがに与力だ。捕り方として数々の修羅場を潜《くぐ》りぬけているだけのことはある。

「言っておくが、わしの直心影流《じきしんかげ》は、初代金森一斎の直伝。貴様が倒した青二才とは、格が違うぞ」

余裕で言い、抜刀した。

「ならば、天真一刀流免許皆伝がお相手つかまつろう」

「むっ。ならば師は、寺田宗有か」

「いかにも」

「おもしろい。抜け！」

慎吾が十手をねじ込もうとしたところへ、

「とう！」

隙とみるや、坂町が斬り込んだ。

横に一閃される刃を、ふわりと飛びすさってかわした慎吾は、ゆるりと抜刀し、正眼に構えた。

鋭い目を向けた坂町が、構えを下段に下げた。じりじりと前に出るや、

「ええい！」

下からすくい上げ、籠手を狙ってきた。が、むなしく空を斬る。慎吾は電光石

火のごとく左前に出るや、体を転じて背を打った。

刃引きされているとはいえ、鋼《はがね》の太刀だ。鈍い音がするや、坂町が苦痛の声をあげた。

膝をついて痛みに耐えていたが、ふっと、頭から突っ伏した。気を失ったのだ。

慎吾は静かに息を吐き、刀を鞘に納めた。と、その時、夜空に銃声が轟《とどろ》いた。

「ぐあ」

「旦那！」

右腕に焼け火箸でも当てられたような痛みがはしり、慎吾は片膝をついた。苦痛に顔をゆがめて目を上げると、座敷に立つおたみが、鬼女のような顔で短筒を握っていた。

「ちきしょう！」

外れたのを悔しがり、弾切れの短筒を投げ付けると、その場から逃げようとして背を返した。

「待ちやがれ！」

表から飛び込んで来た伝吉が、おたみの腕を摑むや、畳にねじ伏せた。まくれ上がった着物の袖からのぞく腕を見て、伝吉が叫んだ。

「旦那！　傷が、引っかき傷がありやす！」

「そうかい。これで決まりだな」

「旦那、血が！」

「大丈夫だとっつぁん。ほんの掠《かす》り傷だ。それより、悪党どもに縄を打て」

「がってんだ」

庭にあぐらをかいて座った慎吾は、座敷で呆然と抱き合う四八郎と次助を見て、ふと、本当の親子のようだと思った。

七

「はい、慎吾様」

「かたじけのうございます」

静香に鮭の身を差し出されて、慎吾は口を開けた。

一緒に夕餉をと、奉行の屋敷に招かれたのだが、右手を吊っていて自由がきかぬのを見かねて、静香が救いの手を差し伸べてくれた。

「こうしていると、まるで夫婦のようですねぇ、あなた」

久代が嬉しげに言うものだから、榊原忠之は酒を噴き出しそうになり、ひどく咳《せ》き込んだ。

静香は母に見えぬのをいいことに、いたずらっぽい顔でくすりと笑ってみせた。

「夫婦といえば、忠義のやつが、静香の縁談話をしておったな」

「まあ、お相手はどなたですか」

「さる大名家の世継であるが、断った」

「当然です。わたくしはまだまだ、嫁になど行く気はございませんもの」

「これ静香、父上に向かってなんという口のききかたですか」

「はい。すみません」

ふてぶてしくも、素直に頭を下げた。

娘に穏やかな目を向ける忠之が、ふと、慎吾を見た。

「どうした夏木、傷が痛むか」

「いえ」

「突然の縁談話に、驚いたのでしょう」

久代が言うのに苦笑いを返すと、忠之に言った。

「三島屋の娘のことを、思っていました」

「たしか、お百合と申したな」

「はい。許婚を殺されなければ、春には祝言をあげて、家族との幸せな日々が待っていたのだと思うと、哀れで。実の父親も、腹の中に悪いできものがあるらしく、長くは生きられぬそうです」

「人相書きの男のことか」

「はい」

「お百合は、真実を知っておるのか」

「いえ、清太郎のことで気が落ち込んでいますので、今はまだ、言えないそうです」

「そうか……」

　忠之は、ひとつため息をついた。

「……息子可愛さとは申せ、おのれの欲のために清太郎を殺めたおたみには、厳しい沙汰《さた》を下すことになろう」

　話が御役目のことになると、久代は静香を連れて、その場を外した。世の不浄な話を、年頃の娘に聞かせたくないのだ。

　二人の背中を見送った忠之は、盃を空けて、膳に置いた。

「結託した坂町とその一党には、南町奉行が切腹を命じると申しておった」

「切腹、ですか」

「本来なら打ち首に処するべきだが、番頭の宗六が命を取りとめたことで、切腹にしたそうじゃ」

「西原屋四八郎のご処分は」

「うむ。店を守るためとは申せ、おたみに殺された息子を川に捨てたは許せぬことじゃ」

「次助は、どうなるのでございましょうか」

次助は、坂町ではなく、四八郎の子であったのだ。これは、南町奉行の取調べを受けた坂町が、自分には子種がないのだと言ったことで、明らかになった。事実、坂町家に子はなく、側室を五人も持ってみたが、駄目だったのだ。自分の子ではないことを知りつつ、金に目がくらみ、悪事に加担したのである。

「四八郎と次助は、このことを知っているのですか」

「四八郎には、白洲《しらす》にて伝えた。おのれの愚かさを悔い、泣いておった」

「どうか、お慈悲を。次助は、母の罪を被ろうと、自ら手に湯をかけ、傷を消したようにみせかけました。手違いで首にも重い傷を負い、まだ傷は癒《い》えておりませぬ。また、与力に殺されそうな四八郎を守り、母に罪を重ねさせまいと、必死に戦ったのでございます。親を思う子の心に免じて、全てを奪わないでやってください」

「その次助だが、四八郎を怨んでいたにもかかわらず、よう守ったな」

「四八郎から、大切な息子だと言われたことが、嬉しかったのだと申しておりました。その気持ちは、よう分かります」

「うむ」

　忠之は、優しい笑みを浮かべた。

　慎吾はあらためて、頭を下げた。

「罪を免じろと申すか」

「何卒《なにとぞ》」

「しかし、既に沙汰を下しておるでな」

「どのような、お沙汰を」

「四八郎には、江戸所払いの罰を下した。今ごろは、親子で上方に向けて出立しておろう」

「さすがは父上、それがしが案じるまでもございませなんだ」

「こやつ、都合の良い時だけ父と呼びおって」

　忠之が嬉しげに笑い、盃を差し出した。慎吾が酌をすると、一息に呑みほし、厳しい目を向けた。

「慎吾」

「はは」

「早く傷を治し、田所の探索に加われ」

「押し込み強盗の件でございますか」

「うむ。笹山《ささやま》の閻僧《えんぞう》、と名乗る一味とまでは分かっておるが、何処に潜んでいやがるのか、なかなか尻尾をつかめぬ」

「手強いので」

「相当にな。この二月《ふたつき》の間に、何度煮え湯を飲まされたか」

忠之は悔しげに膝を叩き、立ち上がって廊下に出ると、夜空に浮かぶ月を見上げた。

「盗人《ぬすっと》が嫌う、良い月じゃ。今宵は、穏やかに過ごせそうじゃな」

この作品は徳間文庫のために書下されました。

徳間文庫

春風同心家族日記
初恋《はつこい》の花《はな》

2011年11月15日　初刷

著者　佐《さ》々《さ》木《き》裕《ゆう》一《いち》

発行者　岩渕徹

東京都港区芝大門二―二―一　〒105―8055

発行所　株式会社徳間書店

電話　編集〇三(五四〇三)四三五〇
　　　販売〇四八(四五一)五九六〇

振替　〇〇一四〇―〇―四四三九二

印刷
製本　株式会社廣済堂

ISBN978-4-19-893457-6

徳間文庫の好評既刊

鈴木英治

父子十手捕物日記

地獄の釜

書下し

捕らえ損ねた盗賊の嘉三郎捜しに励む文之介だが、お克の嫁入りで肩を落としている中間の勇七に気をとられてばかり。一方、なかなか踏み切れなかったお知佳との仲に、ついに丈右衛門が求婚を決意!?　が、その合間にも影の手は伸びてきて……。

鈴木英治

父子十手捕物日記

なびく髪

書下し

勇七と弥生の祝言で、いささかふつか酔いだが、さすがに見廻りは欠かさぬ文之介。狭まる探索の輪から巧みに逃げおおせた凶賊の嘉三郎を捕らえようと、足を棒にしている最中、天ぷら屋が食あたりで死人をだした事件に加わることになって……。

徳間文庫の好評既刊

鈴木英治

父子十手捕物日記

さまよう人

書下し

出合茶屋で役者が首をつった。どうやら心中らしいが、女の姿が見えない。検死医師の話から同心は自死と決めつけたものの、役者と知り合いだった中間の砂吉は納得せず、ひとりで調べはじめる。ところが今度は、砂吉が首つりにみせかけて殺されかけた。

鈴木英治

父子十手捕物日記

門出の陽射し

書下し

祝言を挙げた文之介とお春。一軒家を借り、お知佳とお勢とともに暮らしはじめた丈右衛門。幸せに浸るのも束の間、長屋の家持ち宮助が殺された。調べるうち、宮助が三つの長屋を持てるほどの金がどこから出てきたのか、気になってきた文之介は……。